WEST SIDE STORY

NEFELIBATA

IRVING SHULMAN

WEST SIDE STORY

Traducción de Ángela Esteller

Duomo ediciones
Barcelona, 2021

Título original: *West Side Story*
© Simon & Schuster, Inc., 1961
© de la traducción, 2021 por Ángela Esteller García
© de esta edición, 2021 por Antonio Vallardi Editore S.u.r.l., Milán

Publicado gracias al acuerdo con Gallery Books,
una división de Simon & Schuster, Inc.

Todos los derechos reservados

Primera edición: octubre de 2021

Duomo ediciones es un sello de Antonio Vallardi Editore S.u.r.l.
Av. de la Riera de Cassoles, 20. 3.º B. Barcelona, 08012 (España)
www.duomoediciones.com

Gruppo Editoriale Mauri Spagnol S.p.A.
www.maurispagnol.it

ISBN: 978-84-18538-74-2
Código IBIC: FA
DL B 16.346-2021

Composición:
David Pablo

Impresión:
Romanyà Valls

West Side Story tuvo su origen en los escenarios de Broadway. Inmediatamente, se la reconoció como una de las producciones musicales más creativas del siglo XX. El éxito obtenido con la versión cinematográfica fue igual de espectacular.

La revisión en clave contemporánea de esta historia clásica continúa siendo una de las aportaciones más importantes al teatro estadounidense.

WEST SIDE STORY
NOVELIZACIÓN A CARGO DE IRVING SHULMAN

Adaptación de *West Side Story*, musical de Broadway concebido por Jerome Robbins, con libreto de Arthur Laurents, música de Leonard Bernstein y letra de Stephen Sondheim. Dirigido, producido y coreografiado en su totalidad por Jerome Robbins.

CAPÍTULO UNO

Riff Lorton echó un vistazo al reloj de pulsera que le había birlado a un borracho la semana anterior, vio que eran casi las nueve y dejó escapar un gruñido porque aún tenía toda la noche por delante. Los últimos rayos de sol, cálidos y protectores, todavía no se habían extinguido, así que tendría que esperar a que oscureciera. Llevaba todo el día inquieto, impaciente por ponerse manos a la obra, por movilizar a los Jets y pasar a la acción.

Era normal que los más jóvenes, como Baby-John, rondaran por ahí esperando a que alguien les diera órdenes, pero, al caer la noche, le correspondía a él demostrar que podía mantener a los Jets tan ocupados y célebres como cuando el descarriado Tony dirigía el cotarro.

Había varias cosas por hacer. Un par de Jets necesitaban un reloj, así que podían acercarse hasta Central Park y buscar a algún borracho a quien robárselo. O podían merodear por los arbustos hasta encontrar a algún imbécil pegándose el lote con su chica y ver si podían sacar partido de la situación. Podían incluso separarse y pasearse por el parque contoneando las caderas hasta que uno de ellos llamara la atención de algún marica patético y lo emboscaran para robarle la cartera y el reloj.

Pero ninguna de estas posibilidades lo convencía. Al anochecer, Central Park se llenaba de polis que primero te aporreaban y después hacían las preguntas. Cualquier tipo que estuviera a aquellas horas en el parque con una chica estaría a todas luces abusando de ella, y, por tanto, el inocente transeúnte podría toparse con problemas. Además, muchos de los maricas eran bastante fuertes (mozos de carga, camioneros, expertos yudocas, tíos que parecían luchadores); meterse con ellos podía suponer acabar con el cráneo roto. Y los que tenían más pluma no eran de fiar en absoluto: podían pertenecer a la secreta y estar patrullando en busca de mariposones. Así que Central Park quedaba descartado.

Por supuesto, estaban las chicas, pero la noche era larga, y si las recogían tan pronto, retendrían a los Jets hasta el amanecer; además, a juzgar por la manera en que Graziella se pegaba a él, acabaría por convertirlo en un vejestorio antes de tiempo. Pese a lo lista y alocada que era, últimamente tenía unas ideas terriblemente estúpidas sobre el matrimonio y no dejaba de quejarse de que muchas parejas de su edad ya se estaban casando. Por el amor de Dios, pero si hasta le había enseñado una sección del periódico en la que aparecían los nombres y edades de todos aquellos que se habían casado, ¡y la mayoría de aquellos imbéciles no tenían ni dieciocho años!

«No, señor», se dijo Riff. Sabía que el resto de los Jets estarían de acuerdo: no era necesario pasar por el altar para seguir disfrutando.

—Bueno, ¿qué hacemos? —Action, el lugarteniente de Riff, le dio un codazo—. ¿Cómo vamos a mancillar el nombre de nuestra bella ciudad esta noche?

Riff se hurgó los dientes con el carné de identidad en el que constaba que tenía veintidós años. De mediana estatura, mandíbula y rostro cuadrados y pelo rapado para que nadie lo utilizara en su ventaja en una pelea, Riff tenía unos ojos grandes e inteligentes, separados por una nariz que ya le habían roto dos veces. Como el resto de los Jets, vestía el uniforme veraniego: pantalones de algodón o vaqueros, camiseta ajustada para marcar músculo y unas botas negras de caña baja. Los Jets se congregaron en torno a él en espera de su decisión y Riff se apoyó en la farola; los chicos —mirada brillante de expectación, labios apretados con crueldad y dedos transformados en garras— se revolvían nerviosos, deseosos de pasar a la acción.

Riff miró por encima de sus cabezas, como tantas otras noches, esperando a que Tony apareciera. No llegaba a entender por qué los había abandonado de aquel modo y empezaba a sospechar que tenía que ver con aquella historia que Tony le había explicado sobre su madre. Pero todas sus madres –la suya propia, la de Action, A-Rab, Diesel, Gee-Tar...– habían recibido amenazas a diario y, hasta el momento, no habían tenido que lamentar ninguna desgracia.

–Deja de buscar al polaco. –Oyó que decía Action–. Tony no quiere saber nada de nosotros.

–¿Sabes cuál es tu problema? –preguntó Riff.

Action dio un paso atrás y juntó las manos, haciendo crujir los nudillos.

–Venga, dímelo.

–Pues que tienes un cerebro de mosquito.

Baby-John soltó un silbido.

–Eh, Riff, eso no ha estado mal. Alguien tendría que dejarlo por escrito. –Se agachó para esquivar el manotazo de Action y después se apartó hacia el bordillo–. Vale, Action. Lamento haberme reído.

–Vuelve a hacerlo y no tendrás tiempo de lamentarlo.

La advertencia de Action no iba solo dirigida a Baby-John, sino también al resto de los Jets.

Action nunca había compartido la decisión de incorporar a Baby-John a la banda. Tony había apadrinado al muchacho alegando que todos habían empezado a pulular alrededor de los Jets cuando tenían trece o catorce años y que el chiquillo que no lo hacía ya podía ir pensando en largarse del vecindario. Pero Action pen-

saba que había chiquillos y chiquillos, y Baby-John...
bueno, era una mierda de apodo para la persona en
la que tenías que confiar cuando la cosa se ponía fea.

Con cada vez mayor frecuencia, a Action se le pasaba por la cabeza desafiar a Riff y tratar de hacerse
con el liderazgo de la banda. Sin embargo, si lo inten-
taba y salía airoso, se convertiría por méritos propios
en el jefe de los Jets y sería él quien diera las órdenes;
era mejor la situación actual, en la que podía quejarse
de todo y poner a Riff contra las cuerdas para que de-
mostrara una y otra vez su valía.

La tensión a la que Riff se veía sometido en su trabajo como líder conseguía que los Jets fueran una
banda unida y compacta. Nadie, ni siquiera las bandas
de los alrededores, se metía con ellos. Incluso los negros evitaban el barrio. Solo los puertorriqueños, cada
día más numerosos, se atrevían a merodear por allí.
Y si la maldita policía, el alcalde y el resto de la gente no
ponían remedio, lo harían ellos. Todavía frotándose los
nudillos, Action se imaginó que el alcalde acababa por
concederles una medalla. Agasajarían a los Jets con una
gran ceremonia, un montón de discursos, alcohol y chicas, y, al final, cuando llegara el momento de la conde-
coración, ¡los Jets les dirían por dónde se podían meter
sus medallas y los dejarían con un palmo de narices!

–Menudo aburrimiento de noche –dijo Diesel, po-
niéndose en pie de un salto después de hacer el pino.

Alzó los ojos hacia las estrellas y después miró las luces de la calle–. Hoy no estoy inspirado. No se me ocurre nada. Y no tengo tanto sueño como para irme a dormir. ¿A alguien le apetece un cine? –sugirió.

–Nada de cine –dijo Riff–. Daremos un paseo y veremos qué surge. Vosotros dos... –añadió, señalando a Mouthpiece y a Tiger–, mantened los ojos bien abiertos.

Con la espalda recta, los pulgares hundidos tras la pesada hebilla del cinturón y dando firmes zancadas, Riff empezó a caminar mirando fijamente hacia un punto indefinido en el horizonte. Cualquiera que se interpusiera en su camino debía apartarse, porque aquel era su territorio.

Tras él, los Jets se pusieron en marcha en parejas o grupos de tres: Baby-John iba pegado a Riff, lo imitaba en todo lo que podía y confiaba en que nadie, y en especial Riff, se percatara de que él, al igual que su jefe, llevaba los pulgares hundidos en el cinturón. Action, A-Rab, Big Deal, Snowboy y Gee-Tar también empezaron a caminar de ese modo. Aquella era la señal para decirle a todo el mundo que los Jets habían empezado la ronda, que estaban dispuestos a meterse con quien fuera, donde fuera y por el motivo que fuera.

La apariencia, malos modos y determinación de los Jets no distaban mucho de los habituales de las miles de bandas que se propagaban por los suburbios de la ciudad, aunque lo más aterrador era que ninguna de ellas tenía un objetivo concreto para su odio. Podía ser una mirada, una palabra, un gesto, incluso un pensamiento... Detestaban cualquier cosa y a cualquier persona que se cruzara en su camino. Merodeaban por la ciudad sin rumbo, en busca de destrucción. Nada les daba seguridad, porque toda cosa o persona era su enemigo. Así que los Jets, con la crueldad de una bestia ciega y rabiosa, se abatían sobre todo lo que encontraban a su paso.

Su víctima u objetivo podía ser un hombre con el que habían charlado el día anterior, un muchacho o una muchacha con el que habían bromeado minutos antes, un tendero que solía fiarles, un edificio abandonado con una ventana por romper. Las bandas, dedicadas por completo a destruir e incapaces de respetar a personas o instituciones, arrollaban con lo que se ponía ante ellas, y cuando ya no quedaba nada más por destrozar, se volvían los unos contra los otros. Y de este modo, la ciudad se había convertido en un campo de batalla conformado por cientos de casas, azoteas, sótanos y callejuelas. Se había vuelto insegura, y la gente transitaba por ella con el miedo en el cuerpo.

Hasta que los puertorriqueños aparecieron en escena. A partir de ese momento, las bandas tuvieron un propósito y un objetivo, y la ciudad se volvió más segura para todos..., excepto para los puertorriqueños. Habían venido sin que nadie los invitara, así que cualquier desastre que les sobreviniera era solo culpa suya.

Los más juiciosos se preguntaban qué ocurriría si los puertorriqueños huían de la ciudad o los expulsaban. Sin embargo, era mejor no ahondar en aquellas cuestiones ni tratar de ver el futuro. Por el momento, las bandas luchaban contra los puertorriqueños, y estos les devolvían el golpe. Siendo optimistas, acabarían por exterminarse los unos a los otros. Con las esperanzas puestas en ese futuro feliz, la ciudad continuaba con su día a día, y con sus noches.

Como hacía calor, la gente se había asomado a las ventanas o estaba sentada en las escalinatas de los edificios. Muchos vieron a los Jets, aunque solo aquellos que aprobaban abiertamente sus actividades se atrevieron a llamar su atención. Los que no, apartaron la mirada o se escondieron tras periódicos y pañuelos: los Jets siempre traían problemas, y las gentes de aquel denso vecindario tenían más quebraderos de cabeza que aire para respirar, así que, ¿para qué buscarse más?

En todas las calles, las bandas dormían hasta bien entrado el día, se desperezaban a media tarde y, como si fueran gatos, se despabilaban completamente al llegar la noche para acechar los sótanos, las callejuelas, las azoteas y las calzadas del atestado y decadente barrio del West Side de Manhattan.

No había adónde ir ni lugar donde esconderse. Hacía veinte años que la Segunda Guerra Mundial había terminado, y la gente corriente todavía no podía permitirse una vivienda digna. Cuando un blanco dejaba el piso que tenía alquilado, no había casero más feliz, puesto que rápidamente encontraba un nuevo inquilino dispuesto a pagar un precio más alto. Otra opción era dividir las tres habitaciones del apartamento en cinco, seis o incluso ocho dormitorios, llenarlos de puertorriqueños y conseguir un fajo de billetes tan gordo como para pasar la mayor parte del año en Florida o California. No era necesario que el casero se desplazara para inspeccionar el edificio, conocer a sus inquilinos o encargarse del mantenimiento de paredes y techos. Si el edificio se desmoronaba, siempre podía convertir la propiedad en un aparcamiento.

Así que, al final, incluso quienes no sentían la menor simpatía por los Jets debían admitir que aquellos chicos eran los únicos que hacían algo por salvaguardar lo poco que quedaba del vecindario. Puede que sus métodos no fueran del agrado de todos, pero al menos ellos lo intentaban, lo que ya era más de lo que se podía decir de los políticos y su cháchara inútil.

Ninguno de estos políticos vivía en el West Side; ninguno tenía que luchar por conseguir un techo, por un poco de aire. ¿Y quiénes eran los culpables de que la ciudad se hubiese vuelto tan deprimente, de que estuviera demasiado poblada, de que las calles fueran cada vez más inseguras una vez que caía la noche? Nadie había preguntado a los vecinos si querían a los puertorriqueños en el país. Y pese a no haber tenido ni voz ni voto en la decisión, eran ellos los que sufrían las consecuencias. Ningún periódico recogía las quejas del West Side; solo muchachos como los Jets, que usaban su voz y sus puños. Y eso se debía tener en cuenta.

Los Jets, chasqueando la lengua, dando fuertes pisotones y haciendo muecas burlonas, cruzaron la calle despacio, obligando a los coches a frenar en seco. Cuando un conductor estúpido se asomó para gritarles que se dieran prisa, Riff se detuvo, lo miró fijamente y, a continuación, se dirigió hacia él, seguido de Action y Diesel. El hombre del coche se apresuró a subir la ventanilla y puso el seguro. Como si fueran pececitos asustados que observan al gato desde su pecera, el conductor y la mujer que lo acompañaba solo pudieron mirar a un lado y a otro mientras los chicos, con una coordinación no exenta de práctica, escupían en el parabrisas y las ventanillas antes de apartarse para dejarlos marchar. Cuando el conductor arrancó, los muchachos la tomaron a golpes con el parachoques trasero y aullaron entre carcajadas; era una nueva patada en el culo a otro coche conducido por un vejestorio.

Action, satisfecho, regresó a la acera y señaló a un hombre y una mujer puertorriqueños de mediana edad que salían de una tienda especializada en productos de su país. La pareja vio a los chicos, vaciló un instante, se miró con indecisión y dio marcha atrás, regresando al interior del establecimiento. Sin embargo, no iban a escapar tan fácilmente. A la señal de Riff, Snowboy, que se tenía por un soldado de las fuerzas especiales, abrió la puerta de la tienda y lanzó una bomba fétida al abarrotado interior.

—¡Que se jodan! —dijo Snowboy a Baby-John cuando alcanzó a los Jets—. Viven como cerdos, seguro que no les molestará el olor.

Baby-John asintió sabiamente y tomó nota de la frase para ocasiones futuras. Riff y Action le acababan de enseñar cómo tratar a los conductores estirados que pensaban que la calle era suya por tener un coche, y ahora Snowboy había dejado bien claro quién mandaba en el barrio. Y si aquella pareja, al llegar a casa, explicaba lo sucedido a sus hijos y estos venían a por los Jets, mejor que mejor: cualquier puertorriqueño que pisara territorio Jet acabaría con la mejilla contra el suelo.

Los Jets, desafiantes y listos para pasar a la acción, continuaron con su ronda por el vecindario.

Llevaban dos noches seguidas sin que ocurriera nada digno de mención, y Riff sabía que el nerviosismo de los chicos podía tornarse contra él; justo lo que estaba esperando Action. Un líder tenía que cuidar a sus hombres, hacer surgir cosas, y el que no lo hacía no merecía ser considerado como tal.

Sin embargo, Riff solo habría entregado de buen grado la vara de mando de los Jets a un hombre. Al pensar de nuevo en Tony, experimentó cierta amargura. «Puede que ese sea el problema», pensó Riff. Se empeñaba tanto en defenderlo que no cuidaba las necesidades de la banda.

De repente, oyó que Mouthpiece vociferaba algo: había tres puertorriqueños en la acera de enfrente, justo detrás de ellos. Riff y los muchachos dieron media vuelta y salieron disparados hacia allí. Pero los puertorriqueños, ataviados con aquellas chaquetas azules con ribete amarillo que los identificaban como miembros de los Sharks, se precipitaron al portal de un edificio. Riff soltó una maldición. No conseguirían nada siguiéndolos.

Sin embargo, podría haber más Sharks rondando por el vecindario. Action se burló, diciendo que iba a hacer una buena sopa de pescado esa noche con ellos, y Riff y los chicos, acompañados por las carcajadas que había provocado la ocurrencia, salieron en pos del enemigo. Estaban a punto de doblar una esquina y de separarse en dos grupos para cubrir más territorio cuando Riff alzó la mano, señalando la presencia del peor de sus problemas: la pasma. Los muchachos, ya experimentados en el trato con los agentes, aminoraron el paso y esperaron a que el coche patrulla pasara de largo. Sin embargo, el vehículo se detuvo.

Los Jets adoptaron un aire inocente, el de unos simples chicos que habían salido a dar una vuelta. Riff tomó la delantera y se acercó al coche. Mouthpiece se había esfumado; se ocupaba de cargar con las navajas, dos pares de puños americanos y dos trozos de cadena de bicicleta que le sobresalían del bolsillo. Riff sonrió para sus adentros al comprobar la rapidez y habilidad con que Mouthpiece se había escabullido hacia un sótano cercano. Seguro que conseguiría llegar al cubo de basura que les servía de arsenal a través de callejuelas y trepando por escaleras de emergencia. En una maniobra experta para evitar que los policías fueran tras el artillero, Riff colocó la mano sobre la puerta del vehículo, impidiendo así que se abriera, y se inclinó para saludar al policía de paisano y al agente uniformado que lo acompañaba.

–¡Vaya, vaya, pero si es el teniente Schrank! –saludó Riff al hombre de facciones agradables que trataba de abrir la puerta con aire furioso–. ¡Y el sargento Krupke! –añadió, reconociendo al conductor, a quien Action y Big Deal mantenían retenido en el interior del coche–. ¿Qué los trae por esta parte de la ciudad?

–¿Quién era ese que ha salido corriendo? –preguntó Schrank–. Y aparta la mano de la puerta antes de que te rompa los dedos.

Riff dio un paso atrás e hizo una seña a Action para que permitiera a los policías apearse del coche.

–¡Vaya manera de saludar a unos jóvenes ciudadanos que solo desean vivir en paz con los representantes de la ley y el orden! –se quejó Riff.

En la acera, Schrank dio un par de zancadas vacilantes, considerando iniciar la persecución del chico que se había separado del grupo. Sin embargo, al resolver que no le daría alcance, enseñó gran parte de su dentadura y esbozó una sonrisa forzada. Alto, corpulento, musculoso, con unas manos grandes que ya habían roto unos cuantos cráneos, Schrank se balanceó sobre sus talones mientras partía un trozo de chicle que, a continuación, se llevó a la boca.

–¿Quién era ese que tenía tanta prisa por largarse? –preguntó.

Con gesto cómico, Riff pasó revista, contando las cabezas.

–Ni idea, teniente Schrank. Aquí no falta nadie. Estamos todos. Ahora, si fuera tan amable de decirnos a qué debemos el inmenso placer de su visita, podríamos recibirlo como se merece.

–Ni placer ni nada de nada –soltó Schrank.

Llevaba en el cuerpo más de treinta años y sus rasgos se habían endurecido con la experiencia y el fatalismo filosófico que había hecho posible su supervivencia. Schrank creía que todas las personas, sin excepción, eran manzanas podridas y que, en especial, hacía falta mano dura con los que daban problemas: a esos había que erradicarlos y someterlos.

–Si a alguien más le da por salir pitando, los que caigan en mis manos pagaran por ello –advirtió a los Jets–. ¡Y no pongas esa cara de estirado, A-Rab!

–Por desgracia, no tengo otra –protestó A-Rab–. Si tiene alguna idea de dónde puedo encontrar una de repuesto...

–A mí sí se me ocurre algo –interrumpió Krupke abruptamente–. Ven conmigo ahí atrás y verás que bonita te la dejo.

Schrank alzó la mano para hacer callar al agente.

–¿Quién de vosotros ha tirado una bomba fétida en la *bodega*[1] al final de la calle?

–¿Bodega? –preguntó Baby-John–. Vamos, señor inspector. Que todavía soy pequeño para escuchar palabras tan feas.

–Creo que será mejor que te largues a casa, chaval –advirtió Schrank–. Eres demasiado bobo para mezclarte con estos chicos duros.

Snowboy pasó un brazo protector sobre el hombro

1. En español en el original.

de Baby-John. Había utilizado la última bomba fétida
en la tienda y ya no llevaba más encima.

–Teniente Schrank, somos los encargados de vigi-
larlo para que no se meta en líos, señor. –Dio unos gol-
pecitos a Baby-John en la cabeza y este puso los ojos
en blanco con aire inocente–. Lo mantenemos alejado
de las malas compañías.

Ignorando la broma, Schrank retomó el tema que
lo ocupaba.

–¿Así que no sabéis nada de lo de la tienda?

Riff negó con la cabeza y, a continuación, levantó la
mano como si estuviera prestando juramento.

–Hemos visto a un par de Sharks hace unos minutos –sugirió–. Puede que al vago del tendero se le haya
olvidado pagar a cambio de protección. Aunque si pre-
fiere que seamos nosotros los que repartamos justi-
cia... –dijo, mirando con anhelo la funda de pistola que
Krupke llevaba colgada del cinturón–, estaremos encantados de hacerlo, y a cambio de nada.

–Ya basta de comedias –cortó Schrank–. No han
sido los Sharks. El tendero asegura que el asaltante no
era puertorriqueño.

Big Deal enseñó las palmas de las manos y negó tris-
temente con la cabeza.

–Pues si no han sido los puertorriqueños, y nosotros
tampoco, solo queda una opción... –manifestó–. Sospecho que la faena la ha hecho un poli.

–O dos –añadió Snowboy–. Dos agentes desleales que reniegan de su juramento.

–Exacto –convino Big Deal–. Uno ha abierto la puerta y el otro ha tirado la bomba. Qué vergüenza... ¿Adónde iremos a parar? –concluyó el muchacho, chasqueando la lengua.

–Te estás pasando, chaval –lo reprendió Schrank–. ¿Quién lo ha hecho? ¿El tipo que se ha largado? ¡Venga, hablad! Ya sabéis que hay una diferencia entre ser un chivato y cooperar con la ley. La conocéis, ¿verdad?

–La conocemos, señor. Ustedes nos la enseñaron –contestó Riff, paseando la mirada de Schrank a Krupke.

–Tal vez les interese saber, caballeros, que estamos ahorrando lo poco que ganamos para comprarles un regalo de agradecimiento por instruirnos en dicha diferencia –declaró Snowboy con solemnidad y florituras, lo que hizo que Baby-John se doblara de la risa–. Es un conocimiento imprescindible para convertirse en un ciudadano modelo, y sin él, habríamos continuado viviendo en la más ciega ignorancia. ¿Cómo habríamos podido cumplir con nuestras responsabilidades cívicas?

Tras levantar humildemente la mano para acallar los aplausos, Snowboy hizo una reverencia y dio un paso atrás para esquivar el porrazo que preparaba Krupke.

–Escúchame, Riff, y esto también va por vosotros, gamberros –bramó Schrank al tiempo que asía el hombro de Riff con fuerza–. Lo que tengo que deciros puede que os coja por sorpresa... –Apretó todavía más para provocar en el chico una mueca de dolor–. Las calles no os pertenecen, golfos.

–Nunca hemos dicho que fuera así.

Pese al dolor, la voz de Riff sonó firme y despreocupada.

–Últimamente ha habido demasiadas riñas y escaramuzas entre vosotros y los puertorriqueños. No aguantaré ni una sola más. Estáis todos avisados. Visto que tenéis que estar en algún lado, quedaos en vuestra calle y punto. Y que no se os ocurra entorpecer el paso.

Action dio una palmada.

–¡Ja, es una orden! ¡Ni siquiera podemos ir a trabajar! ¡Muchas gracias, teniente Schrank!

–Puede que sea el momento apropiado para mencionar el reformatorio. –El teniente dejó de sonreír y mascó el chicle, moviendo la mandíbula con exageración–. Se acabaron las peleas, ¿entendido? –continuó, y por la manera en que apretó el puño izquierdo, los Jets comprendieron que debían dejar las bromas–. Si no impongo el orden aquí, terminaré como agente de tráfico, lo que significa que tendré que ver vuestras sucias caras día sí día también, algo que no podré soportar. Tengo mis ambiciones, ¿sabéis?, y vosotros tendréis que cooperar o, al menos, seguirme la corriente. Así pues... –apretó de nuevo el hombro de Riff, haciendo que el chico perdiera el equilibrio–, os quiero de vuelta a vuestro vecindario. No quiero que salgáis de allí. No quiero veros buscando a los Sharks ni a ninguna otra banda de puertorriqueños. Quiero que seáis amables con ellos. ¿Lo entiendes, Riff? –Zarandeó al muchacho–. ¿Lo entiendes, maldito golfo?

–Lo entiendo –respondió Riff. Sentía un dolor agudo en el hombro, pero de ninguna de las maneras iba a demostrarlo. No pensaba darle esa satisfacción al policía. Los Jets tenían que estar orgullosos de él y pensó que Tony, de haber presenciado la escena, también lo habría hecho–. Quiere que nos comportemos como siempre lo hemos hecho: de forma pacífica.

–Y en lo que respecta al resto de gamberros de vuestra banda –continuó Schrank–, ya podéis transmitirles este mensaje: si no hacen lo que les digo, los moleremos a golpes. Mis colegas y yo nos morimos de ganas de hacerlo. –Dio un empujón a Riff, quien, tambaleándose, cayó sobre Action–. Volved a vuestra calle, niños –repitió Schrank–. Krupke y yo pasaremos a arroparos en vuestras camitas.

Mientras regresaba con su compañero al coche patrulla, el teniente sintió que allí no había amor, ni lo había habido en el pasado ni lo habría en el futuro. Antes de subir, ordenó a los chicos con un gesto que empezaran a desfilar y advirtió por el rabillo del ojo que Krupke lo observaba, admirado ante su manera de afrontar la situación. Krupke lo recordaría, lo mencionaría, y tal vez serviría de ayuda a otros policías que ya no se tragaban esa mierda de que era culpa de la sociedad y que los menos privilegiados eran unos incomprendidos.

Él sí que los comprendía y, de haberle puesto las manos encima al chico que había lanzado la bomba, se la habría restregado por la nariz. Schrank suspiró profundamente y advirtió que Krupke asentía, reconociendo el trabajo ingrato y también peligroso que desempeñaban.

Sin embargo, un policía no podía permitirse pensar en el peligro. Si lo hacía era porque empezaba a tener miedo y, en los tiempos que corrían, para patrullar por aquellas calles se debía ignorar el miedo. Jets y Sharks... Bah, solo eran dos bandas más entre todas las que infestaban el West Side. A veces tenía la sensación de que se multiplicaban como cucarachas. Y a las cucarachas, como a las bandas, había que aplastarlas sin piedad.

—¿Adónde vamos ahora? —preguntó Krupke.

Schrank suspiró de nuevo.

—Vamos a ver si encontramos a los Sharks. Quiero tener una pequeña charla con Bernardo.

—¿Un chico duro? —preguntó el sargento.

—No más que los otros. Habla con cierto acento puertorriqueño, pero seguro que entiende un buen puñetazo en la boca. Todo el mundo entiende ese idioma.

Observaron cómo los Jets se alejaban calle abajo, furiosos y con aire desafiante: andares rígidos, grandes zancadas y fuertes pisotones, espaldas cuadradas, pulgares remetidos tras el cinturón.

–¿Y si regresamos a la tienda para ver si obtenemos una descripción del asaltante? –sugirió Krupke.

Schrank arrugó la nariz.

–Ni hablar. No soporto el olor.

–¿El de la bomba o el del tendero? –preguntó Krupke.

Schrank soltó una carcajada seca y áspera.

–Prefiero no responder.

Por la manera en que caminaban, silbando, riendo y jactándose, Riff comprendió que los Jets estaban convencidos de haber conseguido una victoria, ¡y nada menos que contra la pasma! La gente los había visto hablar con los polis, todos habían podido observar cómo había resistido el castigo, y la noticia llegaría a oídos de los puertorriqueños. Puede que hasta Tony se enterara y decidiera regresar.

No tenía ningún problema en que Tony volviese a tomar el mando. Sonriendo para sus adentros, Riff pensó en que aquello destrozaría a Action, pero todo iría bien. Action había visto cómo el gilipollas del teniente la tomaba con él. ¡Y cómo apretaba, el muy cabrón! Tenía ganas de frotarse el hombro, pero se contuvo. No quería que los Jets creyeran que le había hecho daño. Nadie se atrevería a decir que no había soportado el castigo como un verdadero líder.

Vio, en el reloj que estaba tras la reja del escaparate de una casa de empeños, que eran casi las diez. Todo había sucedido a una velocidad increíble. Volverían a su rincón, pasarían una hora comentándolo una y otra vez, recreando la situación, diciéndose lo que habían estado a punto de soltarles a Schrank y Krupke, lo que habrían hecho si esos desgraciados se hubiesen atrevido a lanzar el primer puñetazo. Y así, darían las once. Todavía demasiado pronto para retirarse, pero no tanto como para ir a buscar a las chicas. Quedaban muchas horas hasta que amaneciera, horas en las que no había nada que hacer, y toda esa energía contenida en su interior estaba lista para salir, deseosa de estallar.

Tenía que ver a Tony, hablar con él, rogarle que volviera. Cuando Tony estaba al frente, cada minuto de cada hora estaba ocupado, siempre con algo que hacer. Es verdad que, en aquellos días, Tony y el resto de los Jets luchaban por el territorio. Habían tenido que enfrentarse a todos para hacerse los amos del vecindario, y Riff y los otros chicos lucían cicatrices que así lo acreditaban. Lo habían conseguido y, después, habían defendido la posición. Nadie se había atrevido a desafiarlos: nadie hasta que había aparecido Bernardo, uno de los primeros en llegar.

Los otros puertorriqueños vivían repartidos por todo el barrio, pero Bernardo se empecinaba en llevarlos hasta su manzana. Era evidente lo que tenía en la cabeza: apoderarse del territorio. Si Bernardo y sus Sharks lo conseguían, los blancos tendrían que irse, lo que supondría otra victoria para los puertorriqueños y su ridículo acento. ¿Y dónde irían entonces? ¿Al río? «Ni hablar», se juró Riff. Si alguien tenía que vivir en el agua, esos eran los Sharks. ¡Malditos cerdos! Jamás se lavaban y almacenaban el carbón en la bañera. Si los enviaban al río de una patada, igual hasta les hacían un favor.

–¡Riff!

Este se encogió de hombros sin volverse.

–¡Eh, Riff! –Anybodys estaba a su lado–. ¿Qué quería Schrank?

Riff contempló a aquella muchacha delgada, pálida y varonil. Llevaba el cabello cortado como el de un chico. Debajo de la camiseta se apreciaba un torso plano y vestía los vaqueros por debajo del ombligo porque su cuerpo carecía de forma alguna. Unos pies sucios se escondían en unas zapatillas igual de sucias, que ataba con cordones deshilachados. Cuando Baby-John se precipitó sobre ella para tratar de magrearla, Anybodys lo esquivó con un derechazo digno de un chico.

Pero falló el golpe. Maldijo a Baby-John con una voz áspera y desafinada y, a continuación, escupió.

–Ya te cogeré –advirtió a Baby-John–. ¿Qué ha pasado, Riff?

–Hemos estado hablando.

–¿Sobre qué?

–Sobre ti –dijo Riff–. Schrank me ha preguntado si quería librarme de ti y le he dicho que sí.

Anybodys trató de agarrarle el brazo, pero Riff se zafó.

–No me lo creo –contestó la muchacha–. No dirías eso de un miembro de los Jets.

–Tú no eres una Jet. Aunque no es porque no lo hayas intentado –admitió Riff.

–Y entonces, ¿por qué es? –Anybodys siguió trotando al lado de Riff y se las arregló para agarrarlo por el cinturón–. Estoy dispuesta a hacer lo que sea.

–¿Lo dices en serio?

–Pruébame.

–Está bien. Vamos a ir a buscar a las chicas –dijo Riff en voz lo suficientemente alta como para que los muchachos lo oyeran–. Todos. Incluso Baby-John. Vamos a acostarnos con ellas. ¿A cuál vas a elegir?

Unas estrepitosas carcajadas ahogaron el quejumbroso aullido que salió de labios de Anybodys. Ciega de ira, trató de golpear a Riff, pero este paró el golpe y Baby-John se acercó de nuevo para meter mano a la chica. Las lágrimas se agolparon y resbalaron por las sucias mejillas de ella, y la frustración hizo que buscara una roca, un palo, una botella, algo con lo que desahogarse, pero no encontró nada a mano. Acompañada de los gritos y risas de los Jets, se alejó corriendo y se metió entre el tráfico. Sin prestar atención a los bocinazos de los sorprendidos conductores, esquivó una y otra vez ruedas y guardabarros hasta que alcanzó la otra acera.

–No ha estado nada mal, Riff –elogió Action–. Tony jamás consiguió sacársela de encima tan rápido.

Era primavera, mayo para ser exactos, pero las temperaturas nocturnas eran tan suaves que parecía verano. Desde su edificio, María Núñez miraba hacia Central Park, hacia las brillantes luces en las ventanas y hacia aquellos pedazos de ciudad iluminados de forma irregular. Una pequeña ascensión por la escalera de incendios le había evitado la tertulia que tenía lugar en la diminuta cocina, donde se apiñaban su padre, su madre, dos tíos, dos tías y varios amigos de la familia.

Sobre su cabeza, el cielo estaba repleto de estrellas, y unas nubes delgadas se disipaban al pasar ante la luna. Llevaba allí desde el atardecer, contemplando los altos edificios que, pese a estar a poco más de un kilómetro, parecían a una distancia mucho mayor que la que ella misma había recorrido la semana anterior.

Lentamente, la noche había caído sobre la ciudad, desdibujando la forma y la fuerza de aquellos monolitos, suavizando el tono de los metales y ladrillos de complicados diseños, borrando las torres y haciendo surgir patrones de color conformados por hileras y más hileras de ventanas. En aquellos maravillosos edificios, la vida era muy diferente, y María, con el mentón entre las manos, pensaba en los lujos que debían de rodear a aquella gente. ¡Y qué diferentes eran las calles! No se parecían en nada a las de Puerto Rico, donde las casas eran poco más que chabolas sin enlosar, sin cristales en las ventanas y, por descontado, sin agua corriente. La mayoría de las calles estaban sin asfaltar, no tenían aceras y la pobreza reinaba por doquier.

Cuando la semana anterior se había encontrado con ellos en el aeropuerto, no había podido creer que el hombre y la mujer que corrían hacia ella para abrazarla fueran sus padres. Parecían mucho más jóvenes, más seguros de sí mismos; incluso vestían mejor que la última vez que los había visto, dos años atrás. Al emigrar a Nueva York, se había decidido que ella y su hermana se quedarían en Puerto Rico con unos parientes. Solo los acompañaría su hermano, Bernardo, que los ayudaría a instalarse. Cuando preguntó por qué Bernardo no había venido al aeropuerto, su padre se limitó a fruncir el ceño. María descubrió el motivo al verlo: pese a ser un atractivo joven de dieciocho años con todo el futuro por delante, sus ojos brillaban de agresividad, tenía un rictus severo en los labios y su voz era áspera, siempre dispuesta a criticar con odio a los estadounidenses. Aquí, en Nueva York, tenían más de todo, incluso más odio. María lo habría dado todo y habría regresado a Puerto Rico si con ello hubiese podido cambiar las cosas. Albergaba la firme convicción de que odiar era un error. ¿De qué servía el odio cuando el amor era mucho más alegre y maravilloso?

María bostezó, estiró los brazos y se preguntó si ya era la hora de acostarse. Podía bajar al piso y estudiar inglés, o practicar dicha lengua con su padre, tratando de recordar que la colocación de los verbos era muy distinta en ese idioma. Pero la cocina estaba llena, y probablemente todos estuvieran hablando de San Juan y del pequeño país que en el pasado habían considerado como su hogar. ¿Por qué habían abandonado Puerto Rico? No hacía falta responder. Bastaba con meterse la mano en el bolsillo y admirar la cocina, con aquellos estupendos grifos y cañerías.

Unas luces intermitentes cortaron en diagonal el cielo de la ciudad, y María siguió el recorrido del avión. ¿Vendría de Puerto Rico? ¿O quizá regresaba allí? De nuevo, sintió la tentación de ir a la cocina, pero todo el mundo estaría hablando en español, y si hablaban en inglés, seguro que sonaba a español. Ella quería hablar inglés como los americanos, con consonantes ásperas y vocales que apenas se oían, sin musicalidad ni entonación. ¡Deseaba tanto convertirse en una muchacha norteamericana!

Se puso en pie, estirándose para abrazar la luna y las estrellas. El día anterior había cumplido dieciséis años, y su madre no había dejado de besarla y achucharla mientras repetía una y otra vez que sería una novia preciosa. Y había reparado en los ojos llenos de amor de Chino Martín, el amigo de su hermano. Poco después, Chino había transmitido a Bernardo y a sus padres su intención de casarse con ella. Era un muchacho decente que trabajaba como aprendiz en una fábrica textil de la Séptima Avenida. Algún día se convertiría en un oficial de pleno derecho. Chino era atractivo y muy tímido, algo que lo diferenciaba de Bernardo.

De puntillas, María empezó a girar y a enviar besos hacia el cielo y las lejanas torres. Si se casaba con Chino, sus hermanas dispondrían de más espacio, porque ella y Chino se mudarían a un piso propio. Y si hacían el amor, sería maravilloso, porque podrían gozar de privacidad, algo que sus padres no habían conocido durante casi veinte años. María se cubrió el rostro con las manos. Tenía que dejar de pensar en aquellas cosas, incluso si estaba sola en la azotea y enamorada del mundo.

¿Incluía ese enamoramiento a Chino Martín? No estaba segura. Sí, lo amaba, como amaba cuanto existía en el mundo, pero no más.

De pronto, oyó el chirrido de la puerta y, al volverse, distinguió la oscura silueta de un hombre. Un escalofrío provocado por el miedo y la sorpresa se desvaneció nada más oír que el recién llegado pronunciaba su nombre. El suspiro de alivio que dejó escapar María confirmó a Bernardo que lo había reconocido.

–¿Qué haces aquí arriba sola? –preguntó su hermano.

–¿Qué ocurre? ¿Hay algo malo en ello? –replicó ella.

–No es seguro. No lo sería ni aunque estuvieras con Anita.

–¿Y por qué no? –insistió María–. ¿Anita no es tu novia?

–Supongo que sí. –Bernardo se apoyó en el antepecho, encendió un cigarrillo y lanzó la cerilla hacia la calle, contemplando su caída–. Las azoteas no son seguras, y menos sola. Este vecindario está lleno de golfos y gamberros. No quiero ni pensar en lo que podría haber pasado si uno de esos Jets llega a verte.

Pese al calor de la noche, María sintió un escalofrío.

–¿Se habría atrevido a... eso?

–No se lo hubiera pensado dos veces –replicó Bernardo, dando una intensa calada al cigarrillo–. Uno de ellos ha arrojado hoy una bomba fétida en la tienda de Guerra. Si lo pesco, le voy a arrancar los brazos.

37

–¿Sabes quién lo ha hecho?

–¿Y qué diferencia hay? Era un Jet. El primero que pillemos pagará por todos. Ellos hacen lo mismo con nosotros.

–Pero ¿por qué tiene que ser así? –preguntó María–. ¿Por qué nos hacen daño?

–Porque dicen que nosotros les hemos hecho daño al venir aquí. ¿Sabes lo que voy a hacer?

–¿Qué?

–Uno de estos días, quizá mañana, me acercaré a Times Square con Pepe, Anxious, Toro, Moose y algunos de los muchachos y nos meteremos en una de sus tiendas de recuerdos para turistas.

–¿Para robar? –dijo María, que estaba espantada.

Bernardo le acarició la mejilla.

–Por supuesto que no, hermanita. Solo para comprar un par de figuras de la Estatua de la Libertad. Algunas son así de grandes... –Hizo un gesto con las manos, indicando unos treinta centímetros–. Justo la medida perfecta para partirles el cráneo a los Jets. ¿Sabes qué inscripción hay en la Estatua de la Libertad? –le preguntó, con aire desafiante.

–No. ¿Debería saberlo?

–Dice algo como que los pobres pueden venir aquí para encontrar una vida mejor. Pues bien, aunque eso sea cierto, los Jets no piensan igual –continuó Bernardo–. Así que nuestra obligación es hacer que les entre en esas cabezotas. Y las pequeñas Estatuas de la Libertad me parecen perfectas para tal fin.

María se puso en pie y se acercó a su hermano. Con los ojos abiertos, el corazón latiendo con tanta fuerza que daba miedo, negó lentamente con la cabeza mientras arreglaba el nudo torcido de la corbata de Bernardo. Era un joven muy atractivo, pero tenía los labios demasiado finos y unos ojos que parecían los de aquel animal que, en una ocasión, había visto atrapado en un cepo: temerosos, pero desafiantes y llenos de odio. No demostraba hostilidad, y eso era precisamente lo que daba más miedo.

–¿Por qué tiene que ser así? –dijo María y, a continuación, moviendo el brazo hacia la ciudad, añadió–: Estas personas... Yo no las odio.

–Pero ellos no te quieren –replicó Bernardo–. Mira, no vuelvas a subir sola a la azotea –concluyó con impaciencia.

María se restregó los ojos, en los que empezaban a asomar las lágrimas.

–¿Ni siquiera con Chino?

–Ni siquiera con Chino.

–Pero yo le gusto... ¿Es verdad que les dijo a mamá y papá que quiere... casarse conmigo?

–Así es. –Bernardo abrazó a su hermana y la apretó contra él–. Una vez que te hayas casado, podrás estar a solas con Chino. Pero hasta entonces, no vayas a ningún sitio sin compañía –la advirtió de nuevo Bernardo–. Esos americanos repugnantes se creen con más derecho que nosotros, y si ven a una chica como tú... –Se detuvo, dio un paso atrás, ladeó la cabeza y contempló a su hermana–. Hermanita, eres preciosa. Chino es un tipo con suerte. Por cierto, ¿sabes que fue él quien les prestó a papá y mamá el dinero para que pudieran comprar tu pasaje? ¿Y que también pagó el billete de una de las pequeñas? ¿Lo sabías?

María agachó la cabeza.

–Sí, lo sabía. Tendré que trabajar duro para poder devolvérselo.

–Pero ¿a ti te gusta?

–Sí –respondió María.

Bernardo aplastó la colilla con la suela del zapato y sacó otro cigarrillo.

–¿Y lo amas?

–No lo sé –reconoció María–. Pero es un buen chico.

–Venga, bajemos. –Bernardo tomó la mano de su hermana–. Ya se han ido todos y puedes acostarte. Por cierto, no te he preguntado: ¿qué tal tu nuevo trabajo?

–¡Me encanta! –María juntó las manos, entusiasmada–. ¡Imagínate, una tienda de vestidos de novia! ¡Los velos, la ropa..., es todo tan bonito!

–Tú serás la novia más bonita de todas –dijo Bernardo–. La más hermosa. Cuando Chino te vea camino del altar, se quedará boquiabierto. No es un Shark en el sentido estricto porque tiene un trabajo decente y cumple con sus obligaciones. Pero no quiero a ninguno de los de la pandilla para ti. –Abrió la puerta de la azotea y, haciendo una graciosa reverencia, dejó pasar a su hermana–. Sí, María, será un buen marido. Así que trata de enamorarte de él.

–Lo intentaré, Bernardo –prometió la muchacha–. Lo intentaré con todo mi corazón. ¿Vas a acostarte también?

–Más tarde –respondió Bernardo–. Tengo que ir a ver a los muchachos.

–¿Para qué? ¿Para ir en busca de pelea?

Bernardo le dio un beso en la mejilla.

–Solo para hablar de nuestras cosas –confesó, evasivo.

–Que Dios te acompañe.

–Con mucho gusto. No me molesta en absoluto –bromeó Bernardo.

CAPÍTULO DOS

Durante más de tres semanas, los Jets se dedicaron a cazar por sorpresa a los Sharks, pero estos no se acobardaron. Incluso un día, al salir de casa, Riff tuvo que abrirse paso en su propia calle, y, por unos pocos centímetros, Bernardo no acabó con un adoquín en la cabeza.

La intensidad de los ataques fue creciendo noche tras noche hasta tal punto que Schrank y Krupke empezaron a patrullar por el vecindario al atardecer, en busca de Riff, Bernardo y sus respectivas bandas. Pero los chicos conocían el laberinto de callejuelas mejor que los policías y les daban esquinazo fácilmente, encogiéndose dentro de un montacargas, tumbándose en la parte trasera de alguna camioneta o escondiéndose tras algún cubo o en las escaleras de un edificio hasta que los policías abandonaban el vecindario. Cuando eso ocurría –podían ser las dos, las tres o las cuatro de la madrugada–, las peleas y los navajazos volvían a tomar las calles. Cada mañana amanecía con nuevos heridos y más tensión.

En las últimas cuatro noches, los Sharks, gracias a unas ingeniosas emboscadas, habían conseguido vencer a los Jets, pero estos contraatacaron. Mouthpiece lanzó otra bomba fétida en la tienda de comestibles para provocar a los Sharks. Sin embargo, Bernardo no mordió el anzuelo y, como venganza, ordenó a Pepe y Nibbles que abordaran a Baby-John una tarde en que había ido al cine. Le clavaron la punta de un punzón de hielo en la espalda y le advirtieron que no chillara. A continuación, se lo llevaron al servicio de caballeros. Allí, Nibbles lo amordazó con papel higiénico y empezó a darle una paliza. Hundió una y otra vez la cabeza de Baby-John en el inodoro, y entonces Pepe cogió el punzón y le hizo un corte en la oreja mientras le decía que transmitiera el siguiente mensaje a los Jets: los Sharks estaban dispuestos a luchar contra ellos, pero no iban a permitir que se metieran con los viejos. Si los gallinas de los Jets no dejaban en paz a los mayores, iban a despellejarlos vivos.

—Se acabó. Nadie se mete con Baby-John y se va de rositas —dijo Riff.

Se habían reunido en su piso porque su madre y su padre estaban haciendo horas extra.

—Soy una víctima —soltó Baby-John, no sin cierto orgullo.

—Te han marcado, así que supongo que, de alguna manera, has pasado a ser propiedad puertorriqueña —manifestó A-Rab.

Riff clavó la punta de su navaja en la mesa.

–Ya está bien de cháchara. ¿Has reconocido al Shark que te lo ha hecho? –le preguntó.

–Uno era Nibbles –contestó Baby-John–. Pero ya sabes cómo se parecen esos malditos cabrones. Dijeron que aquello era por lo de la bomba fétida... –Baby-John se tocó con cuidado el lóbulo de la oreja–. ¿Vais a dejar que se salgan con la suya?

–Se han pasado de la raya. Así que ahora lo haremos por las malas –declaró Riff con contundencia. Al oír unos golpes en la puerta, ordenó–: Mira a ver quién es, Diesel.

Riff confiaba en que fuera Tony. Llevaba días dejándole mensajes, explicándole lo mal que estaban las cosas y pidiéndole que volviera a la banda. Sin embargo, no era Tony el que había llamado, sino Anybodys, que se coló por debajo del brazo de Diesel y consiguió llegar a la cocina.

–¿Por qué nadie me ha avisado de esta reunión? –le preguntó a Riff en tono desafiante.

–Por el amor de Dios, ¿tú otra vez? –exclamó Action, haciendo chasquear la lengua e incorporándose de su silla, que estaba apoyada contra la pared. Anybodys lo sacaba de quicio–. ¿Quieres que la tire por la ventana? –le sugirió a su jefe.

–Ni se te ocurra tocarme un pelo –respondió ella, y, para probar que hablaba en serio, amenazó a los muchachos con una jarra de cerveza rota–. Y bien, ¿quién me da la oportunidad de demostrar que tengo derecho a ser de los Jets? ¿Qué opinas de meterme oficialmente en la banda, Riff?

A-Rab se tapó la nariz, soltó un silbido y señaló a Anybodys.

–¿Qué opinas de que la banda se meta en tu...? Puaj, a ver quién es el valiente que va primero...

–¡Rata asquerosa! ¡Te voy a destripar! –gritó Anybodys.

Con un movimiento rápido, Riff agarró a Anybodys, la desarmó y lanzó la jarra que le servía de arma al cubo de basura que había cerca del fregadero.

–¡Venga, señorita, fuera de aquí! –dijo Riff, acompañándola hacia la puerta que acababa de abrir Tiger.

Una vez cerrada y pasado el pestillo, Riff se volvió de nuevo hacia los muchachos.

–¿Estáis listos, chicos?

–Estamos listos –respondió Action, hablando por todos.

Riff se sentó de nuevo a la mesa y los observó con orgullo. Allí no había gallinas.

–Bien. Yo lo veo así: hemos defendido con uñas y dientes este territorio y no pienso quedarme de brazos cruzados viendo cómo uno de esos panchitos nos lo arrebata. Se conforman con atacar y retirarse, pero yo ya estoy harto. Es hora de resolver la cuestión de una vez por todas. He llegado a la conclusión de que les daremos la batalla definitiva.

—¿Un todos contra todos? —Action se puso en pie de un brinco y empezó a lanzar puñetazos en el aire, hacia el estómago de un rival imaginario—. Justo lo que siempre he soñado.

—Pues lo tendrás —respondió Riff categóricamente—. Aunque igual esa gentuza quiere algo más que puñetazos. Puede que lleven botellas, navajas o incluso pistolas.

—¿Pistolas? —dijo Baby-John, con los ojos abiertos de par en par. A continuación, se apresuró a añadir—: No es que me den miedo..., pero ¿pistolas? ¿De dónde las sacaremos?

—Tranquilo, Baby-John. No estoy diciendo que vaya a ser así. Solo que es una posibilidad —lo calmó Riff—. Hay que estar preparados, y yo estoy dispuesto a zanjar la cuestión. Bueno, ¿qué opináis?

Diesel y Action empezaron a gritar que estaban listos, que «A por ellos». Mouthpiece y Gee-Tar se pasaron el pulgar por la mejilla con aire desafiante. Big Deal fingió apuñalar a Snowboy en el corazón y Snowboy disparó una pistola imaginaria contra A-Rab. Los chicos no solo jugaban con la muerte: se preparaban para recibirla. Y mientras Action se jactaba de que pese a que hacía tiempo que no apuñalaba a nadie no había perdido destreza, a Baby-John le comenzaron a temblar los labios. Se llevó los dedos al lóbulo de la oreja y al notar la sangre seca, su coraje se esfumó.

—Yo digo que nos enfrentemos a ellos a puñetazos, incluso con piedras —sugirió, confiando en que los otros no advirtieran el miedo en su voz—. No tenemos por qué hacerles caso. Si los obligamos a luchar limpio y no lo hacen, demostraremos que son unos gallinas.

Diesel cubrió el rostro de Baby-John con la palma de la mano y empujó al muchacho.

—¿Tú qué dices, Riff?

—Nuestro barrio es pequeño, pero es todo lo que tenemos —contestó—. Creemos que nadie lo quiere, pero esos puertorriqueños piensan de otro modo. Nadie me va a quitar lo que es mío.

—Creo que hablas por todos —declaró Mouthpiece.

Riff, golpeándose la palma de la mano derecha con el puño izquierdo, confirmó el apoyo de los Jets.

—Quiero defender el barrio como siempre, a puñetazos. —De nuevo, se golpeó con fuerza el puño izquierdo y le complació ver que los otros imitaban el gesto—. Pero si ellos traen navajas, lo defenderé a navajazos. Y si hay que despellejarlos vivos, estoy listo para hacerlo.

Big Deal dejó escapar unas risotadas y fingió apuñalar con las dos manos a un enemigo invisible mientras Tiger destripaba a Snowboy, que estaba arrodillado ante él, sujetándose el estómago. Action hizo chasquear los dedos tan fuerte que sonó como un disparo. Riff sonrió, satisfecho. Los muchachos estaban de su lado. Baby-John, simulando sostener una ametralladora, empezó a dar vueltas, imitando el sonido de los disparos con la boca.

–Escuchad –dijo Riff, tratando de calmar la euforia de los Jets–. Las reglas exigen un consejo de guerra con los Sharks para ultimar detalles. Yo personalmente daré la mala noticia a Bernardo.

Nadie se lo discutió, porque, como jefe de los Jets, era una de sus mayores responsabilidades, por no decir la más importante.

–Tienes que llevarte a un lugarteniente –sugirió Snowboy.

Con un empujón, Action se abrió paso entre Gee-Tar y Mouthpiece, y dijo:

–Ese soy yo, Riff.

–Ese es Tony –objetó Riff. De no haberse pronunciado, Riff habría elegido a Action. Pero tenía que enseñarle quién mandaba allí–. Voy a ir a hablar con él ahora mismo.

–Un momento –dijo Action, bloqueándole el paso–. ¿Qué falta nos hace? No soy partidario de lamerle el culo a nadie. Se largó, así que, que le den.

Riff, demostrando de nuevo liderazgo, mantuvo la compostura.

–Lo necesitamos. Necesitamos a todo hombre que podamos conseguir contra los Sharks.

Action negó con la cabeza.

–¿No me has oído, Riff? Ya no es de los nuestros.

–No discutas, Action –ordenó Riff–. Tony y yo fundamos los Jets.

Action no podía refutar aquel punto y, además, ninguno de los muchachos lo apoyaba. Era cierto que algunos pensaban lo mismo de aquel maldito polaco de Tony, que se había ido sin dar más explicaciones que cierta patraña sobre su vieja. Pero había un hecho innegable: Riff era el líder, y él y Tony habían fundado los Jets.

–Pues nos mira por encima del hombro –continuó Action–. Y no pienso pedirle ayuda a un tipo así, aunque me vaya la vida en ello.

–Lo importante son los Jets. Tony lo comprenderá –declaró Riff.

–Tienes razón –añadió Baby-John tras alejarse lo suficiente como para no recibir ningún puntapié en el trasero como respuesta–. Tony es como cualquiera de nosotros. Se siente orgulloso de ser un Jet.

Action escupió hacia Baby-John.

–No se le ha visto el pelo en cuatro meses.

–Acordaos de cómo luchó contra los Emeralds –intervino Snowboy.

–Es cierto. No los hubiésemos vencido sin la Pantera Polaca –admitió A-Rab.

–Me salvó el pellejo –recordó Baby-John, acariciándose la nuca.

—¡Bien, entonces, decidido! —Riff dio por terminado el debate—. Tony me acompañará a ver a Bernardo. Jamás nos ha traicionado y siente lo mismo que nosotros por el vecindario. Lo conozco y os aseguro que podemos contar con él. ¿Alguna pregunta más? —concluyó, lanzando una mirada desafiante hacia Action.

—Sí —respondió este—. ¿Cuándo piensas ponerte en marcha? No tengo intención de dejar que esos cerdos puertorriqueños lleguen a viejos...

—La pregunta correcta es... ¿dónde vas a encontrar a Bernardo? —dijo A-Rab en voz alta para que todos lo escucharan. A continuación, se puso de puntillas, hizo visera con la mano y aparentó buscar al líder de los Sharks—. Según mi último informe, no hay ni rastro de él... —Husmeó—. Ni el más mínimo rastro.

—Fácil. —Riff tarareó una melodía y dio unos pequeños pasos de baile—. Sabéis que esta noche se celebra un baile en el centro social, ¿verdad?

—Así es —contestaron los Jets al unísono—. Y allí pescaremos a...

—... los Sharks —completó Riff—. Bernardo se tiene por un gran bailarín. Seguro que aparece. Y allí estaremos nosotros, con todas nuestras...

—... fuerzas —remató Big Deal, frunciendo el ceño, pensativo—. Pero el centro es terreno neutral, y seguro que Schrank, Krupke y compañía andarán por allí. No sé cómo vamos a evitarlos.

–Si Bernardo aparece, pienso ser de lo más amable con él –bromeó Riff–. Solo voy a desafiarlo. Iremos al centro a bailar y a hacer amigos, así que os vestiréis con elegancia. Y nada de tonterías.

Mouthpiece fingió afeitarse.

–¿A qué hora nos vemos?

–Entre las ocho y media y las diez –respondió Riff tras reflexionar un instante. Miró a Action en busca de confirmación, y este asintió–. Es mejor que no lleguemos todos juntos –añadió–. Tiene que parecer que vamos a bailar. Nada más.

–Pero, entonces, eso quiere decir que tendremos que ir acompañados... –se quejó Baby-John.

–Pues claro. Tú puedes llevar a Anybodys –bromeó Action.

Mientras atravesaba portales de edificios y saltaba verjas para llegar a la siguiente calle, Riff se sentía realmente importante. Iba solo, por lo que era mejor moverse por la calzada esquivando los coches. Así evitaba la posibilidad de que un grupo de Sharks apareciera por sorpresa del interior de un portal y lo dejara maltrecho y aporreado sobre la acera.

Aquella noche era fundamental convertirse en el rey de la pista, demostrar a las otras bandas que Riff Lorton era igual de bueno que Tony Wyzek; que, pese a que los había abandonado, los Jets seguían en pie. Riff, caminando con rapidez y chasqueando los dedos, sintió que se crecía, que sobrepasaba los edificios, que estaba por encima de todo, tan por encima que podría haber cogido una de aquellas nubes para lustrarse los zapatos.

Aún faltaban unas horas para el baile, unas horas que se harían interminables hasta que llegara el momento de desafiar a Bernardo. ¿Y si los puertorriqueños se acobardaban como gallinas y no presentaban batalla? Bueno, en ese caso, bastaría con arrojar unas cuantas bombas fétidas en el piso de Bernardo. ¿Cómo no se le había ocurrido antes? Era una vieja idea de Tony: una manera de provocar al enemigo y la mejor forma de marcar territorio, algo que sin duda admitirían el resto de las bandas del West Side. ¡Eso sí que haría que los puertorriqueños movieran el esqueleto!

Riff reprimió la tentación de regresar para explicarles la idea a los Jets; era demasiado tarde para un ataque tan arriesgado. Lo que habían planeado ya era bastante peligroso, y la misión que se le acababa de ocurrir podía terminar convirtiéndose en una batalla campal llena de carreras y en una retirada por las oscuras escaleras de un edificio donde sería posible encontrarse no solo con la acometida de los Sharks, sino con la del resto de los vecinos. El plan de desafiarlos en el centro funcionaría igual de bien; si Bernardo se acobardaba, probarían con el otro.

A Riff se le iluminó el rostro al pensar en los chicos. Todo el mundo los conocía y todos se hacían a un lado a su paso, justo como debía ser. Pronto, muy pronto, las calles volverían a ser suyas, y se adueñarían de aquella manzana, y de la contigua. Riff echó a correr, lanzando derechazos al aire. Sí, propiedad de los Jets, justo como debía ser. Y aunque Tony aún no lo sabía, ¡le estaba concediendo el honor de acompañarlo en la misión de aumentar sus dominios!

A una manzana de la tienda de Doc, Riff se detuvo para tomar aliento y encender un cigarrillo. Dio una lenta calada, sintió que su corazón recuperaba el ritmo habitual y comprobó su aspecto en el reflejo del cristal de un escaparate. Se puso a silbar, satisfecho al ver que su entusiasmo –y mucho menos su preocupación–, no se evidenciaba; no quería que Tony lo notase.

Un par de minutos atrás, todo aquel asunto le había parecido un sencillo juego. Pero ahora empezaba a imaginarse cómo irían las cosas si Bernardo aparecía por el centro. Aceptaría el desafío y probablemente propondría navajas, puede que incluso pistolas. Una semana antes se había cruzado con un par de Musclers –una banda que operaba en Harlem–, y había podido comprobar cómo se las gastaban los Sharks con los cuchillos: uno de los Musclers tenía un tajo desde la frente hasta el mentón.

Si finalmente había pelea, sería la definitiva. Tal vez Action o Diesel no se daban cuenta de la importancia de aquel momento, pero él sí, y pronto lo compartiría con Tony.

Riff guiñó un ojo al reflejo que le devolvía el escaparate, asintió y sonrió, diciéndose que todo iría bien. Lanzó el cigarrillo por encima del hombro y, sin dejar de silbar, prosiguió su camino hasta la tienda de Doc, a la que entró con las manos en alto para asegurarle a Doc, que lo miraba con recelo, que estaba allí por razones serias y no para birlar algo del mostrador.

–¿Ya se ha ido Tony? –preguntó, mirando al reloj.

«Mierda», pensó. Eran las cinco y media y no quería verse obligado a pasar por la casa de Tony.

–Está fuera, en la trastienda –respondió Doc.

Doc era un hombre delgado, pequeño, con gafas de cristal grueso que siempre le resbalaban por la nariz. Su guardapolvo blanco tenía manchas de sudor bajo las axilas y las anchas zapatillas que usaba, demasiado holgadas, eran las causantes de que los pies siempre le dolieran terriblemente. Casi sin aliento, Doc retuvo en la memoria el número de las píldoras que estaba contando y preguntó:

–¿Qué quieres de él?

–Eso es cosa nuestra, y si quieres saberlo, tendrás

que averiguarlo –dijo Riff mientras fingía sacar un peine del aparador–. No voy a robar nada, Doc. Solo a tu mozo, que es mi amigo. Al fin y al cabo, ¿cuánto le pagas?

–Eso es cosa nuestra, y si quieres saberlo, tendrás que averiguarlo. Aunque si de verdad estás interesado... –Doc hizo una pausa–, y hablas en serio, puedo encontrarte un trabajo como el de Tony. Así lo sabrás.

–¡Vete a la mierda! –soltó Riff, dirigiéndose hacia la puerta de atrás.

La trastienda era un pequeño patio enlosado, rodeado por tres edificios. En una esquina se apilaban algunas cajas con botellines vacíos de refrescos, y otras de madera albergaban grandes botellas de agua destilada. Contra uno de los muros se amontonaban carteles publicitarios y diversos objetos polvorientos que Tony había sacado del sótano.

–Lo vaciamos la semana pasada –explicó Tony tras saludar a Riff–. A Doc le gustaba guardarlo todo hasta que un día bajó al sótano, tropezó y casi se rompe la crisma. Así que ahora lo tenemos todo aquí, y ¿sabes qué? –preguntó.

–¿Qué? –se interesó Riff.

–Que no tardaremos en devolverlo al sitio de donde salió.

–No me parece un trabajo de gran importancia –observó Riff.

Tony lanzó un profundo suspiro.

–Tampoco es que yo sirva para mucho más –admitió, y se percató de que lo había dicho sin sentir vergüenza alguna. Maldita sea, pero si tenían la misma edad..., ¿por qué siempre acababa hablándole como si fuera el hermano mayor?–. He estado pensando en volver al instituto, a las clases nocturnas. ¿Qué opinas?

–Pues que deberías ir a un loquero –dijo Riff, y enseguida levantó la mano en son de paz al ver una sombra que cruzaba los ojos de su amigo–. Oye, Tony, he venido por algo importante. Vamos a ir al centro esta noche en busca de Bernardo.

–Me parece haber oído que él también te está buscando. –Tony se secó el sudor. Hacía mucho calor aquel día, y en el patio todavía se dejaba sentir más–. ¿Te apetece un refresco?

Riff negó con la cabeza.

–He venido a buscar al hombre que estará a mi lado cuando desafíe a Bernardo. Vamos a zanjar cuentas, de una vez por todas.

–Si estabas pensando en mí, ya puedes buscarte a otro –dijo Tony, negando con la cabeza.

–¿Me estás vacilando? –replicó Riff, alzando la mano para evitar la respuesta de Tony–. ¿Me puedes explicar por qué no?

–Porque es una estupidez tan grande que hasta yo me doy cuenta –respondió Tony–. Riff, escucha...

–Soy todo oídos –lo interrumpió Riff–. Aunque no me va a resultar nada fácil. Vamos, Tony, que soy yo el que te lo pide... –Le dio una palmada a su amigo en el pecho y después se golpeó el suyo–. Soy yo, Riff, ¿te acuerdas de mí? Tony, por el amor de Dios, ¡esto es importante!

–Claro, importantísimo –soltó Tony con ironía–. Es muy importante hacer planes para que te rompan la crisma. Aunque puedo asegurarte que no será una sensación placentera.

Riff, francamente sorprendido por la reacción de su amigo casi hasta el punto de la preocupación, dio un paso atrás para poder examinar a Tony desde una perspectiva mejor. Un par de años antes se habían jurado amistad eterna, de la cuna a la tumba, y en aquel momento resultaba incluso difícil mantener una conversación con él.

–¿Qué mosca te ha picado? Llevamos años siendo amigos y creía conocerte bien –confesó, negando lentamente con la cabeza–. Pensaba que te conocía como a mí mismo. Pero acabo de sufrir un tremendo desengaño.

Tony rio mientras golpeaba suavemente el hombro derecho de Riff.

–Pues deja de sufrir, chaval.

–¡No soy ningún chaval!

–Entonces, madura –dijo Tony rotundamente–. Riff, me gustaría guardar todo esto. –Señaló hacia las puer-

tas del sótano, abiertas de par en par–. Y después, me
gustaría ir a nadar. Sabes, nunca he ido a la playa...
¿Qué me dices, Riff? ¡Vayamos a Rockaway! Podemos
ir a nadar por la noche. ¿Qué te parece?

–No cuentes conmigo, Tony –respondió Riff.

–Ah, claro, prefieres ir a jugar con los Jets. Muy bien,
chaval –repitió con énfasis–. Saluda a los nenes de mi
parte.

–¡Los Jets son lo más grande del mundo! ¡Lo más
grande! –exclamó Riff.

A continuación, dio un puntapié a una de las cajas
de madera para demostrar que tenía razón y alzó la
mirada hacia los edificios, esperando a que alguien sa-
liera a desmentir su afirmación.

–Lo eran –replicó Tony tranquilamente.

–Lo son –insistió Riff–. ¿O es que has encontrado
algo mejor?

–No, aún no, pero...

–Pero ¿qué?

Tony reflexionó un instante.

–No lo entenderías. Es difícil de explicar.

–Prueba –lo animó Riff, golpeándole el pecho–. Te
escucho.

Había ocurrido por primera vez una noche en que
Tony iba solo en el metro. El descontento lo había em-
bargado; se sentía inferior, incluso pese a ser el líder de
los Jets. Se había sentido un ignorante: no sabía nada

de nada, y ni las bravuconadas más grandes podían cambiar aquel hecho. Por supuesto, era un tipo duro, pero igual de duro era un trozo de hielo y tampoco sabía nada. Era un ignorante, y de seguir así, siempre lo sería. Su vida no podía reducirse a eso.

Aquella misma noche, horas después, tras haber viajado de Brooklyn al Bronx, del Bronx a Queens y de Queens a Manhattan, regresó a su edificio en la avenida Columbus, subió la oscura escalera que apestaba a guisos, alcohol, sudor y lágrimas de rabia o pena, y se sentó en la azotea hasta que amaneció. Fue su última noche como Jet, su última como jefe de la banda. A la mañana siguiente, salió a buscar trabajo, y Doc le ofreció ser su ayudante. Francamente, no entendía por qué Doc lo había contratado; tal vez pensara que, al tenerlo en nómina, evitaba futuros actos de vandalismo. Pero ya llevaba cuatro meses trabajando en la tienda y, pese a haber decepcionado a los Jets, su madre estaba encantada. «Además, ya era hora de hacerla feliz», había pensado Tony sin poder evitar la vergüenza, una sensación completamente nueva para él.

¿O tal vez se estaba convirtiendo en un vejestorio? No se había atrevido a explicar a los Jets lo que le pasaba; no se había atrevido a admitir aquella confusión emocional que lo había llevado a concluir que el camino más fácil era alejarse de Riff, Ice y Action, quienes habían asumido el mando de los Jets.

–Te voy a hablar con franqueza –dijo Tony.

–¿Quiere decir eso que seguimos siendo amigos? –preguntó Riff, reconfortado.

–Hasta el final. –Tony sonrió, pero enseguida volvió a ponerse serio–. Últimamente, me despierto en mitad de la noche y tiendo la mano.

–¿Hacia qué? –preguntó Riff con un gesto diplomático de interés.

–Es difícil de explicar –continuó Tony–. Al principio pensé que iba a algún lugar. No a algún sitio a un par de kilómetros o a cientos de kilómetros, sino a uno a miles de kilómetros. A sitios lejanos que ni siquiera aparecen en los mapas.

–Pues para eso alístate en la Armada –se burló Riff–. ¡Chicas y tatuajes en cada puerto! Pero ¿de qué serviría cuando puedes conseguir lo mismo aquí e imaginar que estás a miles de kilómetros? Si quieres ver chinos, solo tienes que ir a Chinatown. Si deseas viajar a África, está a tres paradas de metro. Que lo que quieres es Italia, tienes Mulberry Street a un tiro de piedra. Pero si lo que quieres es ver Puerto Rico, vete a Puerto Rico. Es lo único que no quiero ver por aquí.

Tony sacudió la mano ante la estrechez de miras de su amigo.

–No necesito recorrer miles de kilómetros para encontrar lo que busco. Puede que esté al doblar la esquina, o tras esa puerta. –Señaló hacia una de las ventanas del edificio que se cernía sobre ellos–. Podría estar aquí mismo.

Riff alzó la mirada.

–¿Qué hay allí arriba?

Tony sintió que la lengua se le hinchaba, como le pasaba durante sus sueños.

–No lo sé –murmuró, haciendo un esfuerzo por hablar–. Es una emoción... Bueno, es más que una emoción, pero no sé explicarlo de otro modo.

–¿Te estás metiendo algo? –Riff parecía horrorizado y señaló a Tony con el dedo–. ¡Escúchame! Como me entere de que te estás metiendo algo...

–No es eso –le aseguró Tony–. Es la misma emoción que me causaba... ser un Jet.

Riff reflexionó durante unos segundos.

–Pues a mí lo que me emociona es pensar que todavía somos amigos.

–Sí, amigos –dijo Tony, cogiendo con fuerza la mano de Riff y retorciéndosela en la espalda. Durante unos instantes lucharon a brazo partido, pero Tony tumbó a Riff con un movimiento rápido–. Te he vencido otra vez.

–Y yo me alegro de que lo hayas hecho, siempre que seas tú. Esa emoción te la provoca la gente, Tony –explicó Riff.

–Lo sé, Riff. Me gusta verte y me divierto contigo, pero si vinieras acompañado de A-Rab, Diesel o los otros muchachos –dijo, negando con la cabeza–. No sé... Ahora mismo pienso en lo que supone ser un Jet y... –De nuevo, negó con la cabeza–. Lo lamento, pero no siento nada.

–Tío, me parece que se te olvida lo más importante... –Disgustado, Riff volvió a dar un puntapié a otra de las cajas de madera–. Con emoción o sin ella, eres un huérfano sin una pandilla. Por aquí, es más necesaria que un padre o una madre. No estoy diciendo nada de tu madre –se apresuró a añadir Riff–, y menos con lo bien que me ha tratado siempre. Pero, Tony, es la pura verdad. Si no estás con los Jets, no estás en ninguna parte. Y si estás con nosotros, estás en la cima del mundo.

A Tony le resultaba imposible negar la sinceridad de los argumentos de Riff, borrar sus años en común, espalda contra espalda. Como si fuera una película, las escenas y los recuerdos se amontonaron en el primer plano de su memoria. Pese a ello, no estaba dispuesto a dar su brazo a torcer.

–Riff, ya he pasado por eso. –Le habría gustado hablar con más rotundidad, pero se le había formado un nudo en la garganta–. Por todo eso.

–Tony, tenemos serios problemas –replicó Riff, apreciando la debilidad en la respuesta de su amigo y esforzándose por no mostrar su satisfacción–. Los Sharks son cada vez más peligrosos. O los detenemos ahora o nos retiramos del campo de batalla. –Hizo una pausa para que Tony comprendiera lo desesperada que era la situación y, a continuación, lanzó su petición de ayuda–: Nunca te he pedido nada, pero ahora voy a hacerlo. Necesitamos ayuda, Tony, y de la buena. Necesitamos que vengas al centro esta noche. Se va a celebrar un baile.

–No puedo –dijo Tony, alejándose.

–Di mi palabra a los muchachos de que irías –replicó el jefe de los Jets.

Molesto porque Riff hubiese comprometido su presencia sin consultarle, Tony reprimió un zurdazo. Pero entonces entendió por qué lo había hecho; comprendió que Riff todavía lo consideraba su amigo, su mejor amigo. Puede que él no sintiera lo mismo, pero eso no era excusa para dejarlo en la estacada. Y no solo a Riff, sino a todos los Jets, a todo el vecindario.

A él tampoco le gustaban Bernardo y sus Sharks. Nadie los había invitado a venir, pero tampoco servía de nada preguntarse quién había tirado la primera piedra. Las peleas no cesaban, eso era lo importante, y Riff había venido a verlo no como Jet, sino como amigo. Él había puesto a Riff al frente de la banda; así lo comunicó la noche en que salió de los Jets. Y en aquel momento, su deber era ayudarlo.

Tony sonrió.

–Está bien... ¡Me has convencido! ¡Menudo liante estás hecho!

–¿A las diez? –preguntó Riff.

–A las diez –respondió Tony–. ¿Sabes? Presiento que me arrepentiré.

Riff rio y empezó a lanzar puñetazos al aire.

–¿Quién sabe? A lo mejor en el baile encuentras eso que esperas. ¡Nos vemos allí!

En el cielo, un banco de nubes cubrió el sol. Tony se sintió atrapado allí, en aquel patio caluroso y estrecho, rodeado por paredes y ventanas oscuras. Se maldijo por no haber sabido mantener la firmeza, por no haber rechazado la petición de Riff. Debería haber dejado clara su posición, de una vez por todas. Tendría que haber seguido con su plan de ir a la playa. Y seguro que allí, mientras saboreaba la sal en los labios y enterraba los dedos en la arena, algo habría ocurrido. Aquella cosa mágica que estaba esperando habría bajado como un meteorito desde el cielo. ¿Qué habría sido? ¿Otra playa? ¿Una cascada? ¿Una bandada de pájaros atravesando el cielo? ¿Una extraña forma en la luna? ¿Tal vez una chica? ¿Por qué no?

Las nubes ya se habían disipado y en aquel momento el cielo tenía un color azul oscuro; el bochornoso día estaba rindiéndose al atardecer. Oyó que Doc lo llamaba, anunciando que para los mozos, y no para los jefes, era la hora de descansar y que aquello que no estaba hecho podía esperar a mañana. Todo lo que tenía que hacer era asegurarse de cerrar bien las puertas del sótano y entrar a la tienda a tomarse un refresco.

–Esta noche hará mucho calor –anunció Doc, abanicándose con una vieja revista bajo el umbral de la puerta que daba al patio–. Y mañana, todavía más.

–Supongo... –asintió Tony.

–Cerraré pronto, sobre las nueve, y me iré a ver una película a uno de esos cines con aire acondicionado. Si quieres compartir un bocadillo y una cerveza conmigo, te invito. Y si quieres traer a alguna chica, también la invito.

–Me encantaría, Doc, pero tengo una cita –respondió Tony.

–¿Tú, Riff y dos chicas?

–No exactamente. Voy a ir al baile del centro social.

–Bueno, entiendo que rechaces mi invitación –replicó Doc, encogiéndose de hombros–. Pero ¿cómo vais a bailar con este calor? De todos modos, me quedo tranquilo: no estarás solo. Te veo mañana entonces.

–Sí, hasta mañana. –Tony se arrodilló para correr el pestillo de la puerta del sótano–. No hagas muchos esfuerzos, Doc. Me pasaré sobre las nueve para ayudarte a cerrar la tienda.

–Gracias, chico. ¿En qué mundo vivimos para tener que colocar rejas de hierro sobre los escaparates?

–Es por los puertorriqueños –respondió Tony.

–¿Y tu amigo Riff y su pandilla no tienen nada que ver? –señaló Doc, no sin cierta ironía–. Está bien, Tony. No hace falta que te preocupes por las rejas. Ya me las apañaré yo solo. Te veo mañana. Ve con cuidado esta noche.

CAPÍTULO TRES

La tienda de vestidos y complementos de novia era lo suficientemente grande como para que cupieran tres máquinas de coser, tres maniquís, una pequeña mesa para cortar la tela y un diminuto probador. En el escaparate, un letrero anunciaba que se hablaba inglés. La señora Mantanios, la viuda de mediana edad que regentaba el establecimiento, lo había colgado con la esperanza de atraer a clientela no puertorriqueña. Pero el cartel, con sus letras doradas lo suficientemente grandes como para que se vieran, ya llevaba una semana en el escaparate y ella no había tenido oportunidad de pronunciar ni una palabra en el idioma autóctono.

Enfadada por la intolerancia que demostraba la gente de aquella ciudad, aquel día la señora Mantanios se marchó antes de lo acostumbrado. Tomaría un baño y se cambiaría de ropa. Dos amigas –casamenteras aficionadas– iban a visitarla aquella misma tarde acompañadas de un hombre, un caballero que había permanecido viudo por un tiempo respetable. El calor no parecía querer dar tregua y deseaba poder disponer de jarras frías de té, café y limonada, además de vino y cerveza, con los que agasajar a sus invitados.

Durante unos instantes angustiosos, había dudado sobre si dejar a Anita Palacio al cargo de la tienda. Era una modista bastante digna que había aprendido el oficio en Puerto Rico, pero últimamente se la veía más alocada, quizás influenciada por el ritmo de Nueva York. Anita le había pedido quedarse en el taller para ayudar a María Núñez a arreglar el vestido para el baile que se celebraba aquella misma noche, en un centro social que en el pasado había sido una vieja iglesia, y a la señora Mantanios le había parecido que no tramaba nada malo.

Tras advertirles repetidamente de que debían asegurarse de cerrar con llave las dos puertas y correr la reja de hierro del escaparate –para evitar así que los blancos le robaran el vestido al maniquí–, la señora se marchó.

No era tarde, pero, aun así, se apresuró a llegar al edificio en el que vivía. No quería tener que pasar mucho tiempo en las calles. Ya había sufrido demasiadas veces las burlas descaradas de aquellos sucios gamberros. Los había rubios, pelirrojos, algunos tenían pecas, y todos ellos eran irlandeses, polacos o vete a saber... Jamás comprendería por qué Dios había creado aquellos países con aquellas gentes.

Con las puertas de la tienda cerradas y la reja afianzada, María salió del probador con su vestido blanco.

–¿Crees que lo tendrás arreglado para esta noche? –preguntó a Anita.

Esta, que sujetaba varios alfileres entre los dientes, asintió. A punto de cumplir dieciocho años, la muchacha tenía unos ojos negros y salvajes que brillaban en la oscuridad, sobrepasaba en altura a María por unos pocos centímetros y sus curvas eran mucho más sinuosas. Bernardo decía de ella que, para embutirse en los vestidos que llevaba, primero la fundían y después la vertían en su interior. Se ajustaban a su cuerpo como si fueran una segunda piel. «La moldean, tío».

Tenía el pelo largo y lo llevaba siempre suelto, y los ojos, perfilados incluso durante el día. En sus labios, utilizaba el carmín sin reparos, con lo que parecían carnosos y apasionados. Y aunque se ponía zapatillas planas para trabajar, justo al lado de la máquina de coser escondía unos zuecos de plástico con un tacón de cuatro dedos.

–¿Puedes estarte quieta? –amonestó en español Anita.

–Háblame en inglés –replicó María.

–Si quieres hablar en inglés, tienes que pensar en inglés. A mí me gusta pensar en español porque es el idioma más bonito para pensar en el amor –dijo, poniendo los ojos en blanco y lanzando un suspiro–. Y ahora, por favor, estate quieta.

María se desabrochó un botón con el objetivo de conseguir un escote más generoso. El vestido, de vis-

cosa blanca con un encaje de pequeños ojales borda-
dos en el cuello, en los puños de las mangas francesas
y en el dobladillo, parecía de comunión. La cintura estaba adornada con una cinta blanca que Anita había
prometido reemplazar por otra de color azul oscuro
o rojo, que, además, haría juego con la diadema que
María se pondría en el pelo. Pero el escote era demasiado cerrado, y las mangas, demasiado largas. Pese a
ello, María tenía que decidirse por uno de los dos re-
miendos, y no cabía duda de que prefería modificar
el escote. La muchacha alargó la mano y tomó un par
de tijeras.

–Baja el escote, Anita –le pidió, tendiéndoselas–.
Como en los vestidos que tú llevas.

–Vas a conseguir que me trague los alfileres –dijo
Anita, atareada en marcar el nuevo dobladillo del vestido, que no debía sobrepasar las rodillas.

Si María no hubiese sido la hermana de Bernardo,
le habría recomendado un largo de tres centímetros
por encima de las rodillas, pero aquello lo habría en-
furecido, y no era precisamente aquel tipo de furia la
que deseaba Anita aquella noche. Había veces en que
Bernardo se enojaba de tal modo que en sus ojos bri-
llaba un fuego tan ardiente que Anita llegaba a sentir
todo tipo de cosas. En esos momentos, lo ayudaba a cal-
marse y ambos acababan exhaustos tras una noche de
dulces susurros y complicidad.

–Ponte recta –ordenó–. De lo contrario, te clavaré un alfiler.

–¿Qué haremos con el escote?

–A mí me parece bien. ¡Ya quisieran las muchachas que conozco tener ese escote!

–¡Estoy hablando del escote del vestido! –protestó María–. Un centímetro. ¿Qué importancia tiene un centímetro?

–Demasiada –soltó Anita, poniendo los ojos en blanco y haciendo reír a María.

–Anita, es un vestido para bailar, no para rezar –objetó la jovencita.

Anita prendió otro alfiler en el dobladillo.

–Con estos muchachos, se empieza bailando y puedes acabar rezando.

–Anita, un centímetro, solo un centímetro. –María colocó el pulgar y el índice para mostrarle lo pequeña que era la distancia y continuó suplicando–: Un poquitito de nada...

Sentada en el suelo para tomar medidas, Anita admiró lo esbeltas y graciosas que eran las piernas de María. Qué chica tan afortunada... No necesitaría productos depilatorios ni cremas para mantener la piel suave.

–No. Se lo he prometido a Bernardo. –Suspiró–. Yo lo haría, pero le he prometido que cuidaría de ti. Y eso incluye el vestido.

–Ah, se lo has prometido a Bernardo... –se quejó María–. Llevo un mes en este país y sigue empeñándose en acompañarme al trabajo. Y si Chino no pasa a recogerme, viene él. Me paso el día cosiendo y las noches en casa. Igual que hacía en Puerto Rico.

–En Puerto Rico eras una niña, y no es que hayas crecido mucho desde que llegaste.

–Ah, ¿sí? Si soy tan niña, ¿cómo es que se ha acordado mi matrimonio con Chino? –replicó María.

–Ah, eso... Bueno, eres lo suficientemente mayor como para casarte, pero no lo bastante como para llevar ese escote.

–En resumen, que soy lo suficientemente mayor como para quedarme completamente desnuda delante de... –objetó María, escondiendo el rostro tras las manos mientras se sonrojaba y reía al mismo tiempo–. No le digas a nadie lo que acabo de decir, y menos a Chino.

–Ah, no. A Chino seguro que no. ¿Qué sientes por él? ¿Revolotean mariposas en tu estómago cuando lo miras? –preguntó agitando las manos.

María negó con la cabeza.

–Cuando miro a Chino no pasa nada...

–¿Y qué esperas que pase? –dijo Anita, incorporándose.

–No lo sé. Supongo que algo –respondió María con seriedad–. Es buen chico y... ya está. –Se acercó al espejo para contemplar el efecto del dobladillo. Estaba un centímetro por debajo de las rodillas, pero sus piernas se veían bonitas, y quedó complacida. Si pudiera convencer a Anita de bajar el escote... Tenía que seguir desviando el tema–. ¿Qué pasa cuando miras a Bernardo?

–Es que no puedo mirarlo. Me deslumbra hasta dejarme ciega –replicó Anita.

–Ya, claro –dijo María con picardía–. Ahora lo entiendo todo. Por eso cuando vais al cine ni siquiera podéis recordar el título de la película. O como cuando tú y Nardo os sentáis en el balcón. ¿Quieres que les explique a mamá y papá por qué no podéis recordar el título de la película?

Anita agarró con fuerza el cuello del vestido.

–¡Lo haré jirones! –exclamó.

–En cambio, si bajaras un poco el escote... –sugirió María, chantajeándola con no revelar el secreto.

–El año que viene –respondió Anita, tratando de parecer severa, pero incapaz de contener una sonrisa–. Hay tiempo de sobras. Créeme.

Al decirlo, la mirada se le ensombreció durante un instante.

María hizo pucheros y levantó un poco la falda del vestido por encima de las rodillas. ¡Ese era el largo adecuado!

–El año que viene estaré casada y nadie se fijará en el largo de mi vestido...

–De acuerdo, está bien –claudicó Anita, levantando las manos–. ¿Cómo quieres el escote?

–Hasta aquí –dijo María, tocándose un punto en el esternón. A continuación, se miró en el espejo y frunció el ceño–. ¡Ah, no quiero este vestido!

–Pues entonces, no te lo pongas y no vayas al baile esta noche –replicó Anita, confiando sinceramente en que María aceptara la sugerencia.

Estaba segura de que, lo arreglara como lo arreglase, a Nardo no le parecería bien. Se preguntó por qué tenía que aguantar todo aquello cuando habría podido estar dándose un baño de burbujas en casa, levantando piernas y brazos como si hiciera un estriptís y con los pensamientos más deliciosos e inmorales en la cabeza. Aquello la habría ayudado a librarse de la tristeza y envidia que le provocaba María. Por mucho que lo intentara, jamás conseguiría ser tan decorosa y elegante. Si María se pusiera una túnica, parecería la mismísima Virgen.

–¿Que no vaya? –exclamó María, sorprendida–. Ni tú ni nadie va a impedírmelo. Mamá me dio permiso. –Se puso a deliberar de nuevo, golpeándose el labio inferior con la yema de los dedos–. ¿Y no podríamos al menos teñirlo de rojo? Estabas tan bonita con tu vestido rojo.

–¡No, no podemos! –dijo Anita con firmeza–. María, por favor, tenemos que terminarlo.

–El blanco es para crías –se quejó María–. Seré la única que vaya vestida de blanco...

–Si vas a ir al baile, será vestida de blanco. Así que será mejor que te hagas a la idea –replicó Anita.

María se rindió.

–Vestida de blanco, pero con el escote un centímetro más bajo –insistió. De repente, cogió a Anita por la cintura y le dio un beso en la mejilla–. ¡Oh, Anita, eres tan buena, y yo te quiero tanto!

Un fuerte golpe en la puerta principal proporcionó a Anita la excusa perfecta para librarse del abrazo y evitar sentimentalismos. Probablemente, de haber estado en la bañera, habría pensado en otra cosa, pero, en aquel momento, a su cabeza solo acudía la siguiente pregunta: ¿cuánto tiempo había transcurrido desde que ella era como María? Sin embargo, jamás había sido como ella; al menos, no desde el instante en que había comprendido que los chicos eran diferentes.

Abrió la puerta y, al ver a Bernardo, al que acompañaba Chino, esbozó una sonrisa cálida y sensual. Asomó la punta de la lengua entre los dientes y Bernardo le guiñó el ojo antes de adoptar una mirada vacía.

Con un gesto del hombro, el joven indicó a Chino que pasara y se apartó para que Anita cerrara de nuevo la puerta. Con las manos en la espalda y demostrando cierta incomodidad, Chino inclinó la cabeza y saludó a las chicas con un hilillo de voz, clavando los ojos en María, que todavía llevaba el vestido puesto.

—¿Qué tal el día? —preguntó Bernardo, después de permitir que Anita le diera un beso en la mejilla.

—Bastante bien —dijo Anita—. Hemos tenido un par de clientas y una de ellas ha dicho que ojalá su hijo se casara con una chica tan bonita como nosotras.

—Tan bonita como tú —la corrigió María.

—Pues yo no he oído eso —objetó Anita—. Chino, ¿por qué estás apoyado contra la puerta? Ven y siéntate —dijo, ofreciéndole una silla.

—Es una tienda de señoras —explicó Chino, pellizcándose nerviosamente el cuello de la camisa y sin dejar de abanicarse—. ¡Qué día más caluroso!

Era el único tema que podía sacar en presencia de las muchachas sin sentirse incómodo.

—Olvídate del día y del calor —ordenó María—. Es la noche la que tiene verdadera importancia. —Y volviéndose hacia su hermano, añadió—: Nardo, es muy importante que esta noche disfrute mucho en el baile.

—Ah, ¿sí? —preguntó Bernardo, tratando de llamar la atención de Chino para que este interviniera con alguna de las consignas que habían acordado mientras venían de camino a la tienda, pero Chino siguió con la mirada fija en sus zapatos—. ¿Qué importancia tiene esta noche?

María empezó a girar sobre sí misma, de tal manera que el espejo multiplicó su figura una y otra vez hasta que, desde donde estaba Anita, parecía que una compañía de *ballet* vestida de blanco estuviera interpretando una danza en honor a la inocencia. La muchacha detuvo sus piruetas y, de puntillas, se acercó a su hermano, que sonreía como en los viejos tiempos. «Va a ser una noche maravillosa», pensó. Imitando a Anita, le dio un beso a Chino en la mejilla. El tacto de su rostro era agradable, cálido y... nada más.

–¡Esta noche es el principio de mi vida como muchacha norteamericana! –dijo María pletórica. A continuación, tomó las manos de su acompañante–. Chino, esta noche quiero bailar. Y bailar y bailar y bailar. ¡Aunque no haya música!

CAPÍTULO CUATRO

Varios años atrás, dos congregaciones religiosas habían decidido fusionarse, y la iglesia más antigua del West Side, la que necesitaba reparaciones urgentes, se había puesto a la venta. El edificio había permanecido vacío durante más de doce meses, con sus ventanas convertidas en diana perfecta para piedras y otros objetos, hasta que la congregación había decidido donarlo a las autoridades locales, quienes habían aceptado el regalo y habían convertido la iglesia en un centro social. Allí había nacido una gran variedad de clubs juveniles y de adultos, aunque el centro a duras penas cumplía con su propósito: los trabajadores sociales que en él realizaban su labor no estaban completamente implicados, pero tampoco se advertía un claro fracaso.

Aunque había estado abierto a todo el mundo desde sus inicios, su principal objetivo era alejar a los chicos y las chicas de las calles y ofrecerles un lugar de recreo y estudio supervisado. Las actividades que se llevaban a cabo eran apropiadas y bienintencionadas, pero tenían una gran pega: todos podían acceder, incluidos los puertorriqueños.

En cuanto vieron que los puertorriqueños eran bienvenidos, los autóctonos y los habitantes más antiguos del vecindario dejaron de utilizar las instalaciones, y era casi imposible ver a sus hijos por allí. Poco después, también lo abandonaron las familias de puertorriqueños; no querían ir a un centro que los blancos boicoteaban.

La mayoría del tiempo, las salas estaban desiertas, los libros y pasatiempos permanecían en los estantes, nadie jugaba en la pista de baloncesto y los trabajadores sociales se congregaban en un pequeño comedor a tomar café mientras se lamentaban de su elección laboral. Era un trabajo pésimo y bastante ingrato.

Sin embargo, en aquella noche de junio, Murray Benowitz se sentía pletórico y con una confianza total en el futuro. Como había hecho para otras veladas que habían organizado, había anunciado aquel baile sin optimismo, había animado a sus jóvenes colegas a que se esforzaran en atraer a los chavales y les había insistido en que no se desilusionaran.

Puede que su punto de vista rebosara de amargura y negatividad, pero era fruto de la experiencia propia. Como les ocurre a muchos trabajadores sociales, Murray Benowitz había contemplado el mundo con cristales de color de rosa durante toda la vida, considerándolo el mejor de los lugares. Pero, con el tiempo, había descubierto que estaba en un error. El mundo era gris, lúgubre e inhóspito. Sin embargo, se obligaba a seguir sonriendo para no llorar, mientras veía cómo los chicos destrozaban el equipamiento del centro, garabateaban obscenidades en las paredes y lo insultaban. Sabía que su apodo era El Apretón, pero él aguantaba el golpe y seguía llamándolos por sus nombres de pila.

Aquella noche, desde las ocho, un río de adolescentes no había dejado de llegar al centro, y Murray tuvo que pedir ayuda a dos de sus colegas. Junto al tocadiscos, contempló los adornos de papel crepé ignífugo que colgaban alegremente sobre la pista de baile. Todo estaba listo: tenían buena música, el ponche estaba frío y disponían de una reserva de cubitos de hielo, además de muchos vasos y servilletas.

Tanto los Sharks como los Jets habían acudido, pero, de momento, no había habido peleas. Pese a que Murray llevaba días temblando con solo pensar en el encuentro, los Sharks habían acabado por ocupar una parte de la pista, y los Jets la otra, y ambos grupos competían con demostraciones de baile, como si estuviesen separados por un muro.

«Bueno, no está mal para empezar», se dijo Murray. Él y el resto de los trabajadores tenían pensado juntar a los grupos en breve, pero, por el momento, todavía llegaban asistentes y estaba muy ocupado.

Mientras se paseaba y saludaba a chicos y chicas cuyos nombres recordaba, deteniéndose a hablar y sonriendo cuando lo llamaban por su apodo, Murray decidió no preocuparse por el cariz salvaje y primitivo que tomaban los bailes. Siempre había pensado que los bailes mixtos traían cierta relajación sexual. Más adelante, si llegaba a ganarse la confianza de esos gamberros, si llegaba a demostrarles que era su amigo y que solo quería ayudarlos, podría probar de exponerle al supervisor del distrito la necesidad de un profesor de baile.

Murray parpadeó un par de veces tras las gafas al ver que los Sharks se reunían cerca de la puerta. Reconoció a Bernardo, cuya novia llevaba un vestido de un vivo color rojo, y cruzó la pista para saludar personalmente a uno de los chicos al que deseaba influenciar. Por el rabillo del ojo advirtió cierta agitación en la zona donde se congregaban los Jets y decidió apremiar el paso. Alcanzó la puerta justo en el momento en que Riff, Action y Tony Wyzek aparecían. ¡Menuda noche iban a tener! Pensaba aprovechar el fin de semana para escribir un completo y reluciente informe capaz de trasladar el optimismo que, finalmente, sentía sobre sus progresos.

Los años de experiencia a sus espaldas le advirtieron de que el aire se cargaba de electricidad. Los Sharks se apiñaron tras Bernardo, y los Jets formaron legión detrás de Riff, Action y Tony. «Puede que lo entendiera mal», se dijo. Doc le había dicho que Tony Wyzek estaba trabajando duro y que había salido de los Jets. Aun así, el chico podría haber sufrido un retroceso y tal vez añorase a su vieja pandilla y sus gamberradas.

Tenía que ocurrírsele algo, y rápido, porque parecía que ambas bandas iban a pelearse allí mismo y en aquel preciso momento. Reparó en que dos de las chicas que acompañaban a los Jets se habían quitado los zapatos, dispuestas a utilizar los tacones como armas si era necesario.

–Está bien, muchachos... –Murray se obligó a sonreír mientras gesticulaba con las manos–. Os ruego un poco de atención. ¡Atención, por favor!

Su petición obtuvo respuesta, considerablemente provocada por la presencia del agente uniformado que asomó la cabeza por la puerta principal. Murray le hizo una seña, indicándole que todo estaba bajo control y que no se avecinaban problemas.

–Muy bien –continuó Murray–. Hoy tenemos mucha concurrencia, más de la que he visto en años. Acaban de dar las diez, la noche es joven y queremos que esta velada sea memorable. –Tomó aliento e ignoró las bromas de los chicos y chicas sobre su entusiasmo profesional–. Supongo que os lo estaréis pasando en grande...

–¡Tú lo has dicho, *Apretón*! –gritó una muchacha.

–Qué bien, me alegro. Aunque he visto que estáis

bailando en lados opuestos de la pista, como si estuvierais separados por el Gran Cañón.

–Pues claro –exclamó un muchacho mientras apoyaba la mano en la cadera–. ¿No esperará que las chicas bailen con las chicas y los chicos con los chicos?

–Lo que espero es que bailéis unos con otros –respondió Murray, con un ademán en dirección hacia los Jets y los Sharks–. Así podréis conoceros mejor.

–¡Ya conocemos a esos malnacidos! ¡Y a sus bombas fétidas, también! –gritó un Shark.

Murray levantó de nuevo las manos.

–Olvidemos el pasado –sugirió–. Vamos a pasarlo bien esta noche, y si nos damos la oportunidad de conocernos un poco más, lo pasaremos todavía mejor. Empecemos con unos bailes para romper el hielo. Os pido que forméis dos círculos: los chicos en el exterior y las chicas, en el interior.

–¿Y usted dónde? –soltó Snowboy.

Murray rio forzadamente.

–Bueno, cuando empiece la música, los chicos irán en una dirección y las chicas en otra...

–¡Obsceno! –exclamó alguien.

–Los círculos, muchachos. –Murray subió la voz para hacerse oír por encima de las maliciosas risotadas–. Entonces, cuando la música se pare, cada muchacho formará pareja con la chica que ha quedado frente a él. ¿Entendido? Adelante, formad dos círculos.

Pese a las gotas de sudor que le resbalaban por la frente y las mejillas, Murray pudo ver a través de las gafas empañadas que nadie tenía intención de moverse; los Jets y los Sharks continuaban lanzándose miradas desafiantes. Las chicas, con labios pintados de rojo en exceso y peinados muy elaborados, todas enfundadas en aquellos estrechos vestidos que les marcaban unos prominentes bustos ya fueran obra de la naturaleza o del diseño, también se retaban. El silencio se hizo ensordecedor, y Murray lanzó un suspiro de alivio al ver que el primer agente regresaba acompañado de otro oficial, al que reconoció como el sargento Krupke.

Levantó la mano para saludarlo y, ante la mirada hostil del policía, los Jets y los Sharks empezaron a formar círculos en sus propios grupos. Bernardo estaba frente a Anita, y Riff se emparejó con Graziella, quien chasqueaba los dedos con impaciencia. Le encantaba bailar y quería que empezara a sonar la música; aquello le parecía una auténtica pérdida de tiempo.

Sin embargo, eso no era lo que había pedido Murray, así que lo explicó de nuevo. Miró a Krupke, quien bramó que las instrucciones eran muy sencillas y que ya estaba bien de tonterías. No tenían escapatoria: los jóvenes formaron los círculos y la música empezó a sonar. Murray daba palmadas mientras chicos y chicas se movían en direcciones opuestas.

—Eso es, muchachos. ¡Seguid dando vueltas! ¡Cuándo habrá que parar y con quién se bailará, nadie lo sabe! ¡Bueno, allá vamos!

A su señal, uno de los trabajadores detuvo la música. Murray parpadeó, abrió los ojos de par en par y... lo que vio lo dejó decepcionado. Los círculos se habían parado de tal manera que algunos Jets habían quedado frente a muchachas que habían llegado al baile acompañadas por Sharks, pero las parejas se limitaban a fulminarse con la mirada. Entonces, Riff, con una marcada expresión de disgusto, le dio la espalda a la muchacha de los Sharks que tenía delante y, con una seña, llamó a Graziella a su lado.

Era un insulto gratuito y los Sharks se sentían aún más ofendidos porque había sido un Jet el que lo había pensado primero. Temblando de rabia ante aquella humillación pública, Bernardo chasqueó los dedos para que Anita se acercara y las dos pandillas, con las chicas tras ellos, se disgregaron.

Al instante, Murray hizo otra seña para que empezara a sonar una nueva canción, y suspiró aliviado al oír los salvajes compases de un mambo. Era la música adecuada para calmarlos, lo cual le pareció curioso hasta que lo consideró desde un punto de vista antropológico. En ocasiones, la música calmaba a las fieras, y aquello era precisamente lo que necesitaban para olvidar el odio que se dispensaban, al menos hasta que acabara el baile. Lo que ocurriera después ya no sería responsabilidad suya.

Murray Benowitz se estremeció. «Igual Krupke puede acercarme a la boca de metro y asegurarse de que llego sano y salvo a casa. ¡Menuda manera de ganarse la vida!», pensó.

Desde el preciso momento en que había entrado en el baile, Tony se había sentido fuera de lugar. No había llevado a nadie, y todo el mundo iba acompañado. Y cuando vio a Bernardo y a sus Sharks, a Riff y a sus Jets, todos le parecieron unos extraños. Tal vez pudiese acercarse a la puerta y marcharse sin que nadie se diera cuenta. Al fin y al cabo, no era problema suyo si Riff era tan estúpido como para desafiar a Bernardo.

Pero entonces vio a la muchacha vestida de blanco apoyada contra pared. Y al mismo tiempo, ella lo vio a él, y cualquier intención de marcharse se esfumó. Como si una fuerza misteriosa lo estirara, Tony Wyzek se acercó a María Núñez, se sumergió en la negrura de sus ojos, tendió las manos y, juntos, desaparecieron de aquel lugar y viajaron a una tierra mágica.

El mambo había terminado y en aquel momento sonaba una melodía lenta. Y mientras se incorporaban a la pista de baile, entrelazó sus dedos con los de la muchacha y contempló su rostro en forma de corazón, su mirada pura, sus encantadores labios apenas maquillados con carmín. Asintió, elogiando aquel hermoso vestido blanco, tan diferente a los de las otras muchachas. Mientras bailaban, rozaba su espalda con los dedos, casi sin atreverse a tocarla. Ella, por su parte, posaba una mano ligera y frágil sobre su hombro; cuando, al girar, Tony la agarró con más firmeza, sintió que ella se estremecía y hacía además de apartarse, así que apretó sus dedos entrelazados durante un instante y, a continuación, los relajó de nuevo.

–No hay nada que temer –le dijo a la muchacha. Pese a no haber puesto jamás un pie en aquella tierra extraña, parecía conocerla bien. Era un país de valles verdes, vientos cálidos, pájaros raros y flores aromáticas; poco importaba que caminaran sobre una nube, porque no caerían. La música seguía sonando, pero en la lejanía.

María sintió que el corazón le iba a estallar en el pecho. ¿Qué había pasado con las luces? Apenas podía ver el rostro de ese chico americano con el que bailaba. ¿Y por qué no le daba miedo? ¿Por qué no hablaba ni se comportaba como Bernardo decía que lo hacían los americanos?

Hacía calor, y pese a las pequeñas gotas de sudor que le resbalaban por la espalda, los dedos de aquel muchacho estaban fríos. Y bailaba tan bien... No la apretaba contra él, no «se pegaba» como Bernardo decía de los americanos, pese a que cuando él bailaba con Anita, o cuando los Sharks bailaban con sus chicas, a ella le parecía que lo hacían igual que los Jets.

—¿No me confundirás con otro? —Oyó que preguntaba. Tenía una voz bonita, algo tímida.

María negó con la cabeza.

—No, sé que eres tú.

—¿O creerás que nos hemos visto antes? —preguntó Tony, a punto de gritar de alegría al comprobar que la muchacha no iba a salir corriendo.

Acababa de entender las normas de aquella tierra: los que entraban juntos, permanecían juntos para siempre.

—No, sé que nunca nos hemos visto —respondió María—. Yo... Me alegro de haber venido al baile.

—Yo también. ¿Sabes? Estaba a punto de marcharme. Entonces te he visto, y lo he entendido.

—¿Qué has entendido? —dijo María, desconcertada.

Era más fácil pensarlo que describirlo con palabras. Se humedeció los labios y, lentamente, empezó a hablar:

—No sé cómo explicarlo. Desde hace un par de meses no dejo de preguntarme quién soy y cuál es mi destino. Presentía que algo iba a ocurrir. A veces me... —balbuceó—. A veces me ponía muy triste pensando que me estaba engañando a mí mismo, que me estaba haciendo ilusiones. ¿Entiendes lo que quiero decir?

–Creo que sí. –María adoptó una expresión seria. Nadie había expresado tan bien lo que ella misma sentía como aquel chico de ojos maravillosos–. Pues claro que lo entiendo –añadió y, tras dudar un momento, se decidió a continuar–: Yo sentí algo parecido en el avión.

–Yo nunca he tomado un avión. Debe de ser maravilloso –respondió él.

La música había cesado, y Tony se alegró al ver que, bailando, habían alcanzado un rincón en el que había un banco.

–¿Sabes? –dijo una vez que hubieron tomado asiento–. Pareces saber lo que voy a decir antes de que empiece a hablar.

María tenía los dedos apoyados en el borde del banco y Tony los cubrió con su mano.

–Tienes las manos frías.

–Tú también –respondió ella. Suavemente, alzó la otra mano para acariciarle la mejilla, como había hecho aquella misma tarde con Chino. Tenía la piel más áspera y sintió que un relámpago de electricidad le atravesaba la yema de los dedos–. Y tu mejilla está tibia.

Tony rozó el mentón de la muchacha.

–La tuya también.

María sonrió.

–Ambas están tibias. Y hace calor. Hay...

–¿Humedad? –completó Tony, complacido al ver que ella asentía.

–Sí... Aunque se espera todavía más...

–Puede que sea por el calor, pero ¿sabes qué acabo de ver? Un castillo de fuegos artificiales. Enormes crisantemos, palmeras y cometas. –María asintió–. Pero sin explosiones, solo las luces. Allí. –Señaló con el índice hacia un punto lejano–. ¿Lo ves?

–Sí –respondió ella–. Es muy hermoso.

–No estás bromeando, ¿verdad? ¿No te estarás burlando de mí? ¿De verdad puedes verlo?

María hizo una cruz sobre su corazón.

–Aún no he aprendido a bromear con esto, y ahora...

–¿Sí?

–Creo que nunca lo haré.

Los fuegos artificiales se elevaban y explotaban en forma de corazones y estrellas antes de descender en una cascada de luz. Los dedos de María se posaron sobre los labios de Tony y este, obedeciendo a un impulso, besó la palma de la mano de la muchacha. Y al hacerlo, advirtió que ella se estremecía. Inclinó la cabeza, hundiendo la nariz en sus cabellos y oliendo la suave fragancia que desprendía, y la besó en los labios con tal ternura que los límites de la tierra mágica en la que se encontraban no se vieron quebrantados. En aquel preciso momento, sintió una presión en el hombro. Una mano fuerte lo aferró y casi lo hizo caer del banco.

Los años de experiencia en luchas callejeras, sus instintos felinos, lo llevaron a ponerse en pie de un salto.

Pero no llegó a utilizar sus puños apretados y amenazantes, porque vio que Bernardo apartaba la mirada y la clavaba en la muchacha sentada en el banco.

Su tierra mágica acababa de ser aniquilada. En aquel momento, Tony recordó que la joven había llegado al baile con Bernardo. La muchacha con el vestido blanco, cuyo nombre desconocía, era la hermana de Bernardo. Ante la posibilidad de perder lo más maravilloso que jamás había visto, se sintió aterrorizado.

–Aparta, americano –soltó Bernardo.

–Tranquilo, Bernardo –respondió Tony, haciendo un gesto tranquilizador hacia la muchacha para decirle que todo andaba bien, que podía confiar en él, que no iba a presentar batalla.

Bernardo retorció los labios en una mueca.

–¡No te acerques a mi hermana! –Y volviéndose hacia María, le reprochó–: ¿No has visto que es uno de ellos?

–No –contestó María–. Solamente lo he visto a él, y no ha hecho nada malo.

Bernardo chasqueó los dedos para convocar a los Sharks.

–Te lo advertí: ¡solo quieren una cosa de las chicas puertorriqueñas!

–¡Mientes más que hablas! –respondió Tony.

–¡Muy bien, Tony! –aplaudió Riff, que acababa de llegar a su lado–. ¡Enséñale quién manda!

Chino, que había cruzado la pista de baile a toda prisa, se adelantó a Bernardo y se colocó frente a Tony. Pálido, pero con la expresión tranquila para que no se advirtiera el miedo que sentía, Chino midió a aquel americano tan alto.

–¡Vete de aquí! –le dijo–. ¡Déjala en paz!

–Tú no te metas, Chino –advirtió Tony, y ante la idea de que María decidiera marcharse, se volvió rápidamente, temeroso.

Bernardo agarró a su hermana por la muñeca y la obligó a colocarse tras él.

–Ahora escúchame...

Riff dio un paso al frente.

–¡Escúchame tú! Salgamos afuera y arreglemos este asunto ahora mismo...

Murray Benowitz sabía que estaba gritando, pero tenía que hacerse oír.

–¡Muchachos, por favor! Tengamos la fiesta en paz. Al fin y al cabo, hemos venido para divertirnos... –Gesticulando frenéticamente con la mano derecha, pidió que la música sonara de nuevo–. Venga, todo el mundo a bailar –sugirió–. Hacedlo por mí.

Todavía apretando la muñeca de su hermana, Bernardo la arrastró hacia el lado de la pista que ocupaban los Sharks. Sentía tal tentación de golpearla que tuvo que meter la mano que tenía libre en el bolsillo para contenerse. Jamás en el pasado se había sentido tan traicionado. Era como si la persona en quien confiaba y a la que más quería le hubiera dado una puñalada en la espalda. ¿Y por quién? Por un maldito polaco que había apaleado a más puertorriqueños que todos los americanos del West Side juntos.

–Deberías haberte quedado en Puerto Rico –espetó con rabia mientras seguía sujetándola por la muñeca–. Te lo advertí. Te dije que no te acercaras a ellos. ¿Qué te pasa? ¿Ya no hablas español?

Chino tendió un pañuelo a María para que se secara las lágrimas.

–No le grites, Nardo.

–A los niños hay que gritarles.

–Y precisamente eso es lo que más los asusta –interrumpió Anita, pasando el brazo por encima de los hombros de María.

–¡Tú cállate! Chino, llévala a casa. ¡Y nada de refrescos! ¡Directos a casa! –ordenó Bernardo.

María apartó el pañuelo que todavía sostenía ante los ojos.

–Nardo, por favor, es mi primer baile. No ha dicho nada...

–Tienes suerte de ser mi hermana –respondió Bernardo, enfadado–. Ahora llévatela a casa, Chino.

No había nada más que añadir, así que Bernardo se volvió y se dirigió a grandes zancadas hacia el bol de ponche. Hundió un vaso y lo bebió con avidez. Era consciente de lo que se avecinaba y estaba ansioso por acabar de una vez. Sí, seguro que su hermana se enfadaba con él, pero merecía el castigo.

Con las fosas nasales dilatadas, Bernardo fulminó de una mirada a los Jets y escupió para demostrarles qué pensaba de ellos. Eran suciedad..., menos que eso. Eran suciedad que convertían en suciedad todo aquello que tocaban, y especialmente a las chicas. ¡No permitiría que le pusieran la mano encima a una muchacha puertorriqueña! Mientras estuviera vivo y pudiera pelear, apuñalar y matar, no iba a permitirlo.

Vio cómo se apiñaban los Jets y reparó en que los Sharks también se preparaban. En el umbral de la entrada, Chino se volvió y levantó el mentón. Bernardo asintió y, con un gesto, le indicó a Chino que sacara a María de allí. Volvió a sumergir su vaso, dio un sorbo más tranquilo y, con los latidos del corazón más pausados, se sintió listo.

En cierto modo, se alegraba de que la confrontación fuera a producirse aquella misma noche. De ese modo, el lunes siguiente todos los puertorriqueños del vecindario podrían pasear por las calles con total seguridad. Por encima del borde del vaso advirtió que Diesel hablaba con Riff y ambos gesticularon con aire contento señalando a Tony. Sin embargo, Bernardo advirtió que el polaco no les hacía caso y seguía mirando a su hermana. No era una mirada lasciva o carente de respeto.

María se llevaría una decepción, pero tenía que entender cómo era aquella gente. No cabía otra opción.

Ni él ni ningún miembro de los Sharks habían insultado a los americanos; más bien al contrario, habían accedido a ese estúpido baile de los círculos con sus chicas. Así que no podían echarles la culpa, ni a él, ni a ninguno de los Sharks. ¿Querían pelea? ¡Estupendo! ¡Por él, ningún problema!

A sus oídos había llegado el rumor de que los Jets iban a desafiarlos, y por esa misma razón había ordenado que los Sharks al completo acudieran al baile. Los Jets también se habían presentado, justo como esperaba, y el único error que había cometido era permitir que María asistiera. Pero habían sido los americanos, los blancos, los que le habían arruinado la velada.

Con la chaqueta abrochada hasta el tercer botón y las manos en los bolsillos, Bernardo atravesó la pista y se detuvo a unos tres metros de Riff. Sabía que, a su espalda, Pepe, Indio y Toro observaban la escena, atentos.

—Me han dicho que andabas buscándome.

Riff asintió lentamente mientras repasaba a Bernardo de arriba abajo, desde los zapatos de punta bien lustrados del puertorriqueño hasta el nudo apretado de su corbata.

—Así es —respondió Riff—. Para un consejo de guerra.

—Con mucho gusto —dijo Bernardo, haciendo una graciosa reverencia.

Estaba decidido a enseñar modales a esos americanos, aunque discutieran cuestiones bélicas.

–Salgamos de aquí –sugirió Riff.

Con una sonrisa cínica, Bernardo señaló a Anita, Estela, Margarita y al resto de sus acompañantes.

–No pienso dejar a las chicas en compañía de tu gente. ¿Dónde podemos vernos, digamos, en una hora?

–Delante del estanco, en el centro de la manzana –propuso Riff.

–Sí, claro. ¿Y por qué no en el estanco de mi manzana? –replicó Bernardo, soltando una risotada–. Nos encontraremos delante del Coffee Pot. Es territorio neutral. Sabes dónde es, ¿verdad? ¿O quieres que lancemos una bomba fétida para que podáis seguir el rastro? Seguro que al propietario, que es americano, no le importará.

–De acuerdo –asintió Riff–. Y nada de jaleo hasta entonces.

Bernardo levantó un pulgar.

–Conocemos las reglas, nativo –escupió.

–Me complace escuchar que sabéis algo –declaró Riff y, a continuación, se volvió hacia Diesel y ordenó–: Avisa a los demás.

Diesel asintió, apretando la mano.

–Qué ganas tengo de hundirte el puño en la boca, papaíto –amenazó, guiñándole un ojo a Bernardo.

–Basta de cháchara –ordenó Riff–. Tenemos que

acompañar a las chicas a casa. –Echó un vistazo a su alrededor y, aliviado, vio que Tony todavía estaba mirando hacia la puerta–. ¡Eh, Tony, aquí! –gritó, chasqueando los dedos.

Riff nunca supo si Tony lo oyó. El muchacho al que consideraba su mejor amigo empezó a caminar hacia la puerta, como si estuviera envuelto en una densa bruma. Riff concluyó que algo le ocurría. Sí, algo le pasaba, sobre todo en la cabeza. Aunque no pensaba compartir con nadie aquel descubrimiento, y para evitar posibles preguntas, ordenó a Action y Diesel que se acercaran al arsenal y empezaran a organizarlo todo; no sabían qué iba a proponer Bernardo. De todos modos, fuera lo que fuese, se arrepentiría.

«Lo primero es lo primero», pensó Tony, al darse cuenta de que estaba en la acera ante el centro. Tenía que largarse de allí para que Riff y el resto de los muchachos no lo entretuvieran toda la noche.

María. Así se llamaba. ¡Qué nombre más hermoso! Le hacía pensar en los sonidos más bellos del mundo: en el sedoso tañido de unas campanas, en el dulce canto de los pájaros, en los susurros de los amantes, en la manera en que le hablaba su madre desde que había empezado a trabajar. ¡Incluso las estrellas parecían más brillantes aquella noche veraniega! ¡Por fin había ocurrido! ¡Aquello que estaba esperando había llegado! Sí, lo sabía; era la hermana de Bernardo. ¿Y qué? Pues que no auguraba nada bueno, en absoluto. Pero en las películas, la muchacha siempre se oponía a la familia, ¿verdad? Y estaba seguro de que María sentía lo mismo que él. Tenía que verla de nuevo, para asegurarse. Era la hermana de Bernardo, así que sabía dónde vivía. Habría dado lo que fuera por poder plantarse ante la puerta de su casa, llamar al timbre y preguntar por María Núñez.

Desde la oscuridad de un portal, Tony vio pasar a Riff y a los otros Jets, acompañados por las chicas. Oyó que Snowboy decía que podrían tomarse un café en el Pot mientras esperaban a que Bernardo y sus hispanos llegaran, y, a continuación, oyó a Graziella preguntarle a Riff si podían ayudarlos en algo.

–Podéis ser de gran ayuda –respondió Gee-Tar–. Pero mejor después.

–¿Crees que te quedarán fuerzas? –se mofó Pauline.

–Las suficientes como para hacerte gritar de placer –dijo Gee-Tar, tratando de rodear a la muchacha por la cintura.

Tony procuró quedarse quieto hasta que doblaron la esquina. Solo entonces abandonó las sombras y se dirigió a toda velocidad hacia el edificio donde vivía Bernardo. Sabía incluso qué piso era porque seis o siete meses atrás, cuando todavía era el jefe de la banda, habían planeado atacar con bombas fétidas el domicilio de Bernardo para atraerlo hacia su propio territorio. Su papel en aquel ataque era llegar hasta la azotea, bajar por la escalera de incendios situada en la parte trasera de la casa y entrar por una ventana mientras Riff, Diesel y el resto hacían saltar la cerradura de la puerta principal.

Todas las casas de la zona tenían una distribución similar, así que, con toda probabilidad, la habitación al lado de la escalera de incendios sería un dormitorio, lo que planteaba un serio problema. ¿Y si eran su madre y su padre los que dormían en aquel cuarto? Mientras entraba en la callejuela que daba al patio trasero y se detenía un momento para orientarse, Tony decidió correr el riesgo.

Al acostumbrarse a la oscuridad, distinguió las hileras de ropa tendida sobre su cabeza. Jadeando, colocó un cubo de la basura debajo de la escalera de incendios. Subió sobre la tapa, flexionó las rodillas y saltó. La tapa cayó, pero nadie de aquellos pisos silenciosos pareció advertirlo. Ya estaban acostumbrados a aquellos sonidos; perros y gatos merodeaban por allí cada noche en busca de comida y siempre volcaban algún cubo.

Poco a poco, fue ascendiendo por la escalera a pulso hasta que tocó el primer travesaño con los pies. A continuación, subió rápidamente hasta el tercer piso, desde donde aminoró la velocidad. Se detuvo al llegar al descansillo inmediatamente anterior a la salida de emergencia de los Núñez. No se atrevía a seguir adelante. ¿O tal vez sería mejor subir un poco más, por encima de la ventana? De ese modo, si ocurría lo peor, estaría más cerca de la azotea. Pero no, aquello no era buena idea: podía quedar atrapado. Sería más fácil esfumarse en la oscuridad de la calle.

Un teléfono sonó de pronto. Al otro lado del patio, se oyó el gorgoteo del agua al bajar por las viejas tuberías de un desagüe. Sobre una tapia cercana, un gato maulló. En el río, una barcaza hizo sonar su sirena lúgubremente, y se oía el llanto desconsolado de un bebé.

Tony sacó unas cuantas monedas del bolsillo, se deseó suerte y lanzó una de ellas hacia la ventana. Oyó el sonido metálico al chocar contra el cristal y aguzó el oído por si alguien se movía en la habitación.

–María –murmuró–. María...

Parpadeó varias veces. No daba crédito a lo que veía: una figura blanca se perfilaba a contraluz y abría la ventana. Al reconocer a María, subió los seis peldaños de tres en tres. Estuvo a punto de hablar, pero se detuvo al ver que ella se colocaba el dedo índice sobre los labios.

–Chissst –susurró–. Rápido, dime cómo te llamas.

–Tony –respondió, arrodillándose en el alféizar de la ventana–. Anton Wyzek. Es un nombre polaco.

–Es un nombre precioso –volvió a murmurar la muchacha–. Ahora debes irte.

–¿Irme? Pero si acabo de llegar. Vayamos a algún sitio donde podamos hablar. Tenemos que hablar, María.

Advirtió que pese a que todavía llevaba el vestido blanco, se había soltado el pelo y unas preciosas ondas le enmarcaban el rostro.

María negó con la cabeza.

–Vete, te lo ruego.

–¿Quieres que me vaya?

María se sentó en el alféizar, tensa y en silencio.

–Tienes que guardar silencio.

Tony le tomó la mano y la llevó hacia su pecho, colocándola a la altura del corazón.

–¿Y qué hago con esto? –bromeó.

–Deja que siga latiendo –respondió María. Inquieta, se volvió hacia el interior de la casa–. Vete, te lo ruego. Si Bernardo...

–Está en el baile –informó Tony, no sin cierto remordimiento porque sabía que no era así.

María asintió.

–Quizá, pero no tardará en volver. Tiene que acompañar a Anita a casa.

–¿Siente él por Anita lo mismo que yo por ti? –preguntó sin pudor.

–Eso creo.

–Entonces tardará en volver –aseguró Tony sonriendo, orgulloso de su lógica–. Subamos a la azotea, solo unos momentos. Para charlar... Solamente para charlar, te lo juro –añadió.

–Te creo –respondió ella–. Pero si Bernardo regresa... ¿Por qué te odia tanto?

–Tiene sus motivos. –Una vez más, como había hecho en el baile, tomó las manos de la muchacha entre las suyas–. Es justo de lo que quiero hablarte. Por favor, es importante. A menos que prefieras que entre por la puerta principal. Lo haré si es lo que deseas.

María se inclinó un poco para examinar la esquelética estructura de la escalera de incendios y la escalerilla que llegaba hasta la azotea.

–¿Me ayudarás a subir? –preguntó.

–Claro que sí.

Se cogieron de la mano y empezaron a trepar, poco a poco. Tony aconsejó a María que no mirara abajo, solo arriba, hacia las estrellas, y se mantuvo un escalón por detrás de ella durante todo el ascenso, formando con los brazos un semicírculo protector a ambos lados de la muchacha.

Peldaño tras peldaño, alcanzaron el antepecho; nada más saltar a la azotea, que estaba cubierta con tela asfáltica para evitar goteras, María empezó a girar de nuevo sobre sí misma, celebrando el acontecimiento con un pequeño baile.

¡Qué brazos tan fuertes, qué confianza había tenido en él, qué suave y dulce había sido su voz al su-

surrarle al oído que no tuviera miedo, que no mirara abajo, solo arriba, hacia las estrellas, que los contemplaban a su vez! Descalza, corrió hacia él y lo tomó de las manos. En silencio, giraron y giraron, con el pelo suelto azotándole el rostro, hasta que sus carcajadas los obligaron a detenerse. María apoyó la cabeza en el pecho de Tony.

–Solo un minuto –dijo ella.

–Solo un minuto –repitió él.

María lo miró a los ojos y sonrió.

–Un minuto no es bastante.

–Pues una hora –dijo él, devolviéndole la sonrisa–. O siempre –añadió con aire serio.

María escrutó la oscuridad de la noche, como si esta fuera a concederles su deseo.

–No puedo –dijo, sin hacer ningún esfuerzo por romper el abrazo.

–Me quedaré aquí hasta mañana –sugirió Tony–. Así puedes invitarme a desayunar con tu padre y tu madre. ¿Qué te parece? ¿Les gustaré?

Al ver que la tristeza asomaba al rostro de María, Tony lamentó haber formulado aquella pregunta. Sin embargo, tarde o temprano tendrían que enfrentarse a la realidad y aceptar los hechos. Era mejor anticipar lo inevitable.

–Tu madre ya me gusta porque es tu madre, tu padre, porque es tu padre...

–Tengo tres hermanas más pequeñas –interrumpió la muchacha.

–Estupendo –dijo, entusiasmado–. También me gustan. Me caen bien todos tus amigos y parientes, y todos los amigos y parientes de tus amigos, y todos los...

–No has mencionado a Nardo.

Tony suspiró.

–Él también me gusta; es tu hermano.

–Y si mi madre, mi padre, mis hermanas y Nardo no tuvieran relación alguna conmigo, entonces ¿los odiarías?

–María, trata de comprenderme. Es precisamente eso lo que quiero quitarme de la cabeza. –Se arrodilló y apoyó la mejilla sobre el esbelto muslo de la muchacha–. ¡Oh, María, ayúdame! Tienes que ayudarme porque no pienso dejarte marchar. No voy a dejarte marchar –repitió con ardor, abrazándola más fuerte–. No me importa quién pueda subir, quién pueda vernos ni lo que digan o hagan. No pienso dejarte marchar.

María posó sus manos sobre la cabeza del muchacho y acarició aquel pelo áspero y corto que ya sabía que sería suave como la seda si crecía un poco.

–Tony, por favor, levántate. No era mi intención hacer esa pregunta.

–Pero me alegro de que la hayas hecho. –Aunque no quería levantarse, Tony se incorporó para poder mirar a María a los ojos y cerciorarse de que la muchacha percibía la sinceridad de sus palabras–. No me importa si suben y me arrancan el corazón. Si no te tengo a ti, no me sirve de nada.

–No digas eso –respondió María, colocando el dedo índice sobre los labios de Tony–. Yo tampoco me creo capaz de vivir sin ti.

–¿No estás segura?

–¡Pues claro que lo estoy! –dijo, mientras rodeaba el rostro del muchacho con las manos y se ponía de puntillas para besarlo en los labios. Apenas fue un roce, pero Tony no fue capaz de imaginar un beso más mágico–. ¡Completamente segura! –susurró, abrazándose a él–. Estamos destinados a estar juntos. Pero ahora tienes que irte. Necesito pensar.

Se había puesto seria. En ese instante, parecía tener más edad que él, como si hubiese ganado en sabiduría. María acababa de entender el mundo que la rodeaba. Tenía que regresar a su habitación y reflexionar.

–Es muy importante que recapacitemos –declaró María.

–Te ayudaré a bajar por la escalera, pero sigue mirando hacia arriba.

–Si mirara hacia abajo, también vería el cielo.

–Y las estrellas –añadió Tony.

–Y la luna. Y el sol.

–¿Cómo podrías ver el sol en plena noche? –Un pensamiento repentino acudió a su mente y el tono de su voz cambió–. ¿Cuándo podré volver a verte? ¿Mañana? Tenemos que compartir lo que hemos pensado y decidir cómo actuar. ¿Dónde? ¿A qué hora?

–En la tienda de novias de la señora Mantanios. Trabajo allí. Soy costurera.

–Entonces ten cuidado con las agujas. No quiero que te pinches –bromeó, acariciándole la mejilla–. ¿A qué hora?

–A las seis.

–A las seis –repitió Tony–. ¿Qué nombre te gusta más, Tony o Anton?

–Ambos me gustan –respondió María después de considerarlo durante unos segundos–. Pero Anton me parece más poético. *Te adoro*,[2] Anton.

–*Ja kocham cie*, María –dijo él, rascándose la cabeza para despertar sus conocimientos rudimentarios de polaco–. No suena tan bien, pero significa lo mismo.

–Dame un beso –suplicó la muchacha–. Quizá sea un idioma nuevo para ambos, pero nos entendemos tan bien con él... –Volvió a mirar hacia las estrellas y apuntó a una en concreto–. Puede que allá arriba haya una pareja como nosotros, sobre una azotea, que nos esté viendo y escuchando, y puede que no entiendan ni una palabra de lo que decimos, pero si ven que nos besamos, lo comprenderán enseguida.

2. En español en el original.

–Comprenderán que te quiero –dijo, mientras se inclinaba para besarla.

–Y que yo te quiero a ti –murmuró.

Y tras aquellas palabras, ambos quedaron atrapados en un remolino que los elevó hacia el cielo, hacia las estrellas.

Aunque su intención era quedarse despierta y repasar una y otra vez los acontecimientos de la noche, el sueño envolvió a María en pocos minutos y, cuando alguien trató de despertarla, no dejó de repetir con voz dormida que la dejaran en paz.

–María, despierta. Soy Anita. –Oyó que murmuraban junto a su oído–. ¡Despierta!

Asustada, María se incorporó de un brinco, como si una mano fría le hubiese envuelto la garganta.

–Por el amor de Dios, ¿qué ocurre?

–Nada –susurró Anita–. Bernardo quiere que subas a la azotea. Estamos todos allí: Chino, Pepe, Indio, y también las chicas. No pasa nada, solo estamos charlando y bailando. ¿O es que ahora ya no te gustan los bailes?

Aliviada, María bostezó, se estiró y se peinó con los dedos.

–Estaba durmiendo... Y voy en camisón –se quejó, ansiosa por regresar a sus sueños.

–Hoy en día una muchacha se viste en un periquete.

–Rio Anita–. Venga, date prisa. Te espero.

–¿Está enfadado Bernardo? –preguntó María.

Anita se pellizcó el labio inferior y se encogió de hombros.

–¿Y cuándo no lo está? Venga, vamos, muévete. Allí arriba hay más de una que estaría encantada de convertirse en la nueva novia de Bernardo. No te preocupes por las medias y los zapatos. Ponte esos viejos y planos.

En la azotea, Chino había colocado una vieja radio en una caja de huevos vacía y varias parejas bailaban descalzos. Bernardo, por el contrario, fumaba con el codo apoyado en la balaustrada mientras observaba con mirada glacial la ciudad. Era grande, inmensa, y aun así, no había lugar para él. ¿Qué porvenir podía labrarse en aquella ciudad? Un porvenir poco digno, uno que no le conviniera o que no lo hiciera sentir orgulloso. Fracasaría, sí, pero aquellos malnacidos americanos pagarían las consecuencias de su fracaso.

–Ya era hora –gruñó, respondiendo al saludo de su hermana–. Si hubiese sido el polaco el que te estuviera esperando aquí arriba, habrías aparecido en el acto.

–Nardo, María estaba durmiendo –dijo Anita, saliendo en defensa de la muchacha–. Eres un impaciente. En todo.

–Vaya, la señorita tiene quejas... –replicó Bernardo, tratando de pellizcarle un seno. Avergonzado al recordar la

presencia de su hermana, Bernardo chasqueó los dedos–.
Quiero hablar contigo, María, como hermano mayor.

Anita se cruzó de brazos y exclamó:

–¡Pues vaya hermano mayor! Menos mal que tiene
padre y madre.

–Sí, un padre y una madre que no conocen este país
más que ella.

–¿Y desde cuándo te has vuelto tú tan experto? –preguntó Anita con expresión desafiante.

Pepe, que bailaba con Consuelo, intervino.

–Deja que Nardo se encargue del asunto –le sugirió–. Sabe cómo funcionan las cosas por aquí.

–Ah, ¿sí? Pues entonces ¿por qué no escribe un libro
sobre América? –se interesó Anita–. Sois todos unos
estúpidos. En este país, las chicas tienen el mismo derecho a divertirse que los chicos. En América, las chicas pueden bailar con quien les apetezca. Y ahora ella
está en América.

–¿En serio? –Bernardo se inclinó hacia ella–. Ahora
Puerto Rico también está en América.

–No para ti, extranjero –soltó Anita–. Y ya puedes
insultarme y decirme todo lo que quieras...

Bernardo arrojó el cigarrillo, rodeó la nuca de Anita
con la mano derecha y la atrajo hacia sí de tal modo
que Anita no pudo eludir su beso.

–¿Qué, te gusta lo que saben hacer los chicos puertorriqueños? –preguntó una vez que se hubo apartado.

–Sí... –respondió Anita con aire desconcertado.

–Pues compórtate –ordenó Bernardo. A continuación, hizo un gesto para pedirle a Chino que se acercara–. Chino, ¿cómo estaba mi hermana cuando la trajiste a casa?

–Bueno, un poco asustada. Pero, Bernardo, solo estaban bailando –respondió Chino, moviendo los pies con nerviosismo.

Indignada con el comportamiento de Bernardo, Anita lo empujó con todas sus fuerzas.

–¿Y a qué vienen tantas preguntas? ¿Eres policía o qué? Me parece bien que los hermanos se preocupen de las hermanas, pero ¿y tu novia?, ¿quién se ocupa de ella y de nuestro futuro? Deja que Chino, tu padre y tu madre se encarguen de María. Puede que no hayan sabido hacerlo muy bien con su hijo... –Anita clavó la mirada en Bernardo y sonrió al ver cómo entornaba los ojos, lo que le daba un aire amenazadoramente romántico–. Pero con María, sí. ¡Solo tienes que mirarla! ¡Y ya está bien de decir tonterías!

–Ellos no conocen este país. Están igual que ella. En este país, son como bebés –replicó Bernardo.

–Pero si solo fue un baile. Lo vio todo el mundo –objetó Anita.

–Solo fue un baile, sí –repitió Bernardo–. Con un americano que, además, es hijo de inmigrantes polacos.

Anita señaló a Bernardo.

–Mira quien habla. El hispano... –se mofó.

–Te la estás buscando –advirtió Bernardo.

Anita no se sintió intimidada en absoluto. Podía leer en los ojos de Bernardo lo que estaba pensando.

–Ah, ¿sí? Pues por si te interesa, a mí Tony me parece muy guapo, y además trabaja –manifestó.

Chino levantó la mano para llamar la atención.

–Solo es un pobre mozo. –Se volvió hacia María, que contemplaba las estrellas–. ¿Y sabes a qué aspiran los mozos? A poca cosa más. Y antes de que me lo preguntes, Anita... –hizo una reverencia hacia la muchacha–, voy a decírtelo: un aprendiz aspira a convertirse en oficial, en miembro por derecho propio del sindicato.

–Vamos, Chino, corta el rollo –interrumpió algo enfadado Bernardo, sacando otro cigarrillo del paquete–. Si ese polaco holgazán quiere unirse al sindicato y prosperar, seguro que lo hará antes que tú; por algo es americano.

–Eso no es cierto –intervino María.

La muchacha había permanecido en silencio, sin pronunciar palabra, escuchando y aprendiendo. Pero ya había oído lo suficiente como para comprender que Bernardo odiaba a Tony, y que si seguía hablando así de él, lo único que conseguiría sería alimentar el odio. Tenía muchas cosas por hacer, y una de las más importantes era evitar que Bernardo albergara todo aquel rencor y antipatía. Bernardo solo pensaba en ira, odio y destrucción y, en aquel momento, María recordó unas palabras que había pronunciado el sacerdote de Puerto Rico: «Quien a hierro mata, a hierro muere».

—Tony nació en América, así que no es polaco —declaró—. Incluso de no haber nacido aquí y haber llegado después, no se lo consideraría un extranjero. Sería americano, como nosotros.

Cuando el aplauso que dedicaron Anita y el resto de las chicas a María se atenuó, Bernardo hizo una reverencia burlona y dijo:

—Mi querida María, ¡qué ideas más nobles! Sin embargo, lamento decepcionarte, hermanita: puede que tú pienses así, pero él piensa algo muy distinto. De hecho, solo piensa en una cosa: ¡que eres una chica fácil porque eres puertorriqueña!

—¡Qué grosería! —exclamó Anita muy molesta mientras rodeaba con los brazos los hombros de María—. Haz el favor de disculparte. No solo con María, sino con todas.

—¿Y por qué? —preguntó Pepe.

—Ah, por nada. Quizá no os hayáis dado cuenta, pero las chicas hemos aprendido algo esta noche —replicó Anita rotundamente.

—Ah, ¿sí? ¿El qué? —preguntó Bernardo.

Antes de contestar, Anita tapó los oídos de María con ambas manos.

–Que sois unos estúpidos por pensar que vinimos a América no solo con el corazón y los brazos abiertos, sino también con las piernas.

–¿Y no es así? –replicó Pepe.

–¡Cerdo! –Con un movimiento rápido, Anita le propinó un bofetón–. De todos modos, no me preocupas lo más mínimo: pronto volverás a Puerto Rico, probablemente esposado.

Pepe rio la ocurrencia, pellizcó a la muchacha en la nariz y dio un salto atrás para evitar las descontroladas manos de Anita. Bernardo apartó a María, y los Sharks y sus chicas formaron un círculo alrededor de Pepe y Anita, que no dejaba de vociferar en español.

De repente, la puerta de la azotea se abrió, y Bernardo oyó que alguien lo llamaba. Era su padre.

–¿Bernardo? –repitió su padre, abrochándose el cinturón del batín–. ¿María? Pero si estabas durmiendo...

–¿No me oyó llegar, padre? –respondió Bernardo, haciendo señas hacia Anita y Pepe para que dejaran de pelearse–. Todavía no teníamos sueño y hemos subido a la azotea. He pensado que quizás a María le gustaría volver a ver a Chino.

–Sí, señor Núñez –intervino Chino–. Fui yo quien le pidió a Bernardo que invitara a María. Espero que no le importe. Estábamos escuchando la radio y hablando.

–Así es –corroboró María–. ¿Hacíamos mucho ruido, padre?

–El suficiente como para despertarme. –El señor Núñez bostezó–. Pero ha refrescado y ahora la temperatura es agradable. ¿Vais a quedaros mucho rato?

–Ya nos íbamos –dijo Bernardo–. Chino acompañará a María hasta la puerta de casa y nosotros haremos lo mismo con las chicas. Después, los chicos y yo nos encontraremos en el Coffee Pot. ¿Le apetece venir, padre?

El señor Núñez bostezó de nuevo.

–Gracias, pero ya es tarde. Buenas noches. –Y dirigiéndose a María, añadió–: María, dejaré la puerta abierta.

–Y yo la cerraré con llave –aseguró la muchacha.

María se volvió de nuevo hacia su hermano, pero este le daba la espalda. Con la mirada perdida, Bernardo contemplaba de nuevo las sombras que cubrían la ciudad.

CAPÍTULO CINCO

El Coffee Pot era una cafetería pequeña con una sola ventana acristalada que daba a la calle y muchos tubos de neón que la iluminaban más de lo necesario. Pero todo aquello tenía un propósito: el propietario del establecimiento estaba harto de ser el refugio de mangantes y sinvergüenzas, y aquel derroche de luz permitía que los coches patrulla de la policía pudieran ver qué ocurría en el interior.

Los carteles que anunciaban los menús en las paredes encaladas presentaban una gruesa capa de grasa que cubría la identidad de algunos de los platos mexicanos, puertorriqueños y estadounidenses que allí servían. Una hilera de taburetes de cuero gastado y agujereado hasta el punto de que muchos dejaban al descubierto el relleno se alineaba ante una barra que se extendía casi hasta el fondo del local.

Tras la barra, como si fuera un sonámbulo, el encargado lavaba tazas de café mientras, al otro lado, un negro ataviado elegantemente y su chica escuchaban la atronadora música que salía de la gramola. Cuando

Riff abrió la puerta de una patada, el encargado y sus dos clientes alzaron rápidamente la mirada. Con un movimiento natural y relajado, el negro dejó algunas monedas encima de la barra, tomó del brazo a su chica y la condujo hacia la calle, lejos de los problemas que se avecinaban.

–Tranquilo –le dijo Riff al aterrorizado encargado mostrándole un billete de un dólar–. Café para todos. ¿Ha preguntado alguien por nosotros?

El encargado arrastró los pies hasta la cafetera cubierta de polvo.

–Nadie, Riff –respondió–. Mirad, chicos, ya tengo suficientes problemas, así que no me deis más.

Riff chasqueó los dedos con impaciencia.

–Queremos café. Y nada de leche ni azúcar.

–A mí me gusta el azúcar –protestó Baby-John.

Ice pegó un codazo a Baby John y el más joven de los Jets se dio contra la barra y se frotó el antebrazo. A continuación, se subió a un taburete, sacó un cómic del bolsillo, lo abrió y empezó a leerlo con interés. Los recién incorporados a la pandilla tenían que aprender a ser pacientes y mantener la boca cerrada, y con su actitud pretendía demostrarle a Ice que no era tan estúpido como para no haberlo entendido.

–¿Dónde cojones están? –preguntó Ice, señalando hacia un reloj situado encima de la caja–. ¿Vamos a tener consejo de guerra o no? Ya deberían haber llegado.

Riff miró de reojo al encargado, que se había vuelto hacia ellos con expresión sorprendida.

–Menudo payaso eres, Ice. ¿Y los cafés? –apremió al encargado–. ¿Por qué tardas tanto?

–Ya voy, ya voy. Solo tengo dos manos.

–Superman hace las cosas tan rápido que parece que tenga más de dos –dijo Baby-John, hablando como una auténtica autoridad en el tema–. ¿Y sabéis algo más sobre él? No usa navaja. Ni siquiera pistola de rayos atómicos. Eso se lo deja a sus enemigos. Todo lo que utiliza es esto –concluyó, levantando el puño.

–Ah, ¿sí? –intervino A-Rab con interés–. ¿Y puede derribar muros y cosas por el estilo?

–Pues claro –aseguró Baby-John–. Batman no tiene nada que hacer a su lado. –Entonces, señalando hacia la puerta, añadió–: Eh, cierra antes de que entre la señorita fantasma.

–Te he oído, apestoso –dijo Anybodys dando un portazo–. Tengo tanto derecho como vosotros a estar aquí. Y estoy dispuesta a demostrarlo.

–Pues pasa para el fondo y siéntate –ordenó Riff. Tenía demasiadas cosas en la cabeza como para molestarse en ponerla de patitas en la calle–. Sírvele un café –le dijo al encargado.

–Ya voy, ya voy –respondió este, mirando con nerviosismo hacia la calle. Aquellos malditos policías nunca estaban cuando más se los necesitaba–. Pero no tardaré en cerrar.

Ante aquellas palabras, Gee-Tar negó con la cabeza.

–Ya sabes que va en contra de la ley echar a los clientes que están consumiendo, ¿verdad? ¿Qué te pasa, amigo? ¿No estás a gusto con nosotros? Ahora sírvenos esos cafés de una vez y sigue fregando platos. Y será mejor que no te muevas hasta que te llamemos.

–Chicos, no quiero problemas –suplicó el encargado–. ¿Por qué os metéis conmigo?

–Nosotros no nos metemos con nadie –afirmó Riff, volviendo a mirar el reloj. No había podido encontrar a Tony después del baile y Action guardaba silencio sobre el tema; se limitaba a observar, lo que era peor–. Ha sido idea de Bernardo encontrarnos aquí. ¿Conoces a Bernardo?

–Más o menos.

–¿Y qué más da si lo conoce o no? –exclamó Anybodys.

Con un gesto, Riff le ordenó que se tranquilizara.

–Anda, sírvele un bollo o algo parecido –pidió al encargado–. ¿Cómo es que estás tan delgada? ¿Es que no pasas nunca por tu casa?

–La respuesta es no.

Molesto porque Anybodys acababa de leer una de las viñetas de su cómic en voz alta, Baby-John levantó la mirada y dijo:

–Pues entonces será mejor que hagas la calle, como tu hermana.

La muchacha le pegó un puñetazo en la mejilla.

–¡Adelante, defiéndete! –gritó, con aire desafiante–. Así después podrás explicarle a ese Superman tuyo la paliza que te di y decirle que estaré esperándole para hacer lo mismo con él.

El encargado sirvió la última taza de café, depositó un bollo sobre una servilleta de papel y la empujó hacia Anybodys.

–Eso serán sesenta céntimos más. Sin incluir impuestos –anunció.

Mouthpiece arrugó un billete de dólar y se lo lanzó.

–Quédate con el cambio, amigo.

–Chicos, no he visto a Bernardo en toda la noche –declaró el encargado–. Si me preguntáis mi opinión, creo que no aparecerá. De hecho, ya no viene por aquí porque le debe cinco pavos al jefe.

–Vendrá –aseguró Riff, soplando la taza–. Ha sido él quien ha elegido este lugar como territorio neutral para nuestra reunión. Vamos a mantener un pequeño debate con los puertorriqueños sobre qué lugar deben ocupar en la sociedad. ¿Te apuntas?

–Lo lamento, pero emborracharme, que me pesque la poli y que me enchironen un mes no está entre mis planes. Así que, sin ánimo de ofender, voy a declinar vuestra invitación. Aunque os voy a dar un consejo: marchaos a casa y olvidaos de todo este asunto.

–No oigo nada –bromeó Diesel, tapándose los oídos–. ¿Qué armas crees que va a elegir Bernardo?

–Pregúntaselo a él –dijo Riff, levantándose para abrir la puerta–. Ahí está.

Baby-John dejó a un lado el cómic y Anybodys hizo girar su taburete de tal manera que quedó con sus sucios codos apoyados en la barra. Con un gesto de excesiva cortesía, Riff abrió la puerta y dejó paso a Bernardo y a los Sharks.

Bernardo miró a su alrededor, se convenció de que no cabía la posibilidad de una emboscada y con un movimiento del hombro, ordenó al resto de los Sharks que lo siguieran.

–Espero no haberos hecho esperar demasiado –dijo Bernardo, rompiendo el silencio.

–Nos lo estábamos pasando muy bien –replicó Riff–. ¿Te apetece un café?

–Vayamos al grano.

Riff miró al reloj y, después, a Action.

–Vaya, a Bernardo no le gustan las buenas maneras.

–Ni eso, ni tú –dijo Bernardo. Y volviéndose hacia el encargado, añadió–: Apaga algunas luces y búscate algo que hacer en la trastienda.

–No quiero problemas en mi local –protestó el hombre.

Exasperado, y dispuesto a demostrar que era un tipo tan duro como Bernardo, Riff saltó al interior de la barra, pulsó varios interruptores y empujó al encargado hacia la parte trasera.

–Has estado trabajando mucho. Relájate. No te vamos a destrozar nada. Anda, no compliques las cosas. ¡Y mantente alejado del teléfono!

–El teléfono que tengo es esa cabina de la calle –explicó el encargado–. Hazme un favor: prométeme que no vais a darme problemas.

Riff ni siquiera se molestó en responder. Se dirigió hacia la puerta y corrió el pestillo, no sin antes sacar la cabeza para echar un vistazo. Ni rastro de Tony. ¿Y si Bernardo quería zanjar cuentas aquella misma noche? En ese caso, tendría que arreglárselas él solo.

–Bernardo, os desafiamos a una pelea. Un encuentro decisivo. ¿Aceptáis?

–¿En qué condiciones?

–Las que vosotros digáis –respondió Riff enseñando las palmas de las manos–. Habéis cruzado la línea demasiadas veces.

–Fuisteis vosotros los que empezasteis –interrumpió Pepe.

–Ah, ¿sí? Pues ahora lo acabaremos. Es de rastreros meterse con un niño en el cine. Y no vamos a olvidar lo que le hicisteis.

Bernardo sonrió.

–Lo único que hicimos fue darle lo que necesitaba: un buen baño. ¿Y quién me pegó a mí el primer día que vine aquí?

–¿Y quién te pidió que vinieras?

–Mi madre y mi padre –replicó Bernardo–. ¿Puedes decir tú lo mismo?

–Maldito cerdo hispano. Te voy a enseñar modales –dijo Action, incorporándose con gesto amenazador.

Bernardo separó las piernas en posición de combate.

–Venga, vamos, te estoy esperando, malnacido. Aunque no creo que puedas enseñarme mucho.

–¡Ya basta! –exclamó Riff, interponiéndose–. ¿Aceptáis o no?

–Aceptamos. ¿Cuándo?

–Dilo tú –respondió Riff.

–Mañana por la noche –dijo Bernardo, tras reflexionar un instante.

–De acuerdo. –Riff estaba encantado, pues eso le daba tiempo de encontrar a Tony. Para sellar el compromiso y mostrar a los Jets cómo se comporta un auténtico líder, tendió la mano hacia Bernardo–. ¿Lugar? ¿El parque? ¿El río?

–¿Y el puente de la autopista? –sugirió Bernardo mientras estrechaba la mano de Riff. Este asintió, dando a entender que el campo de batalla merecía su aprobación–. ¿Armas?

–Vosotros diréis.

Justo cuando iba a alardear de que los Sharks estaban preparados para contrarrestar todo aquello que los
Jets les lanzaran o blandieran, Bernardo advirtió por
el rabillo del ojo que había alguien en el exterior de la
cafetería. Era aquel polaco repugnante que había estado bailando con su hermana. Se levantó, fue hacia la
puerta y dejó entrar a Tony.

–Vaya, vuestro gran hombre acaba de llegar –le dijo
a Riff, sabiendo que aquello le dolería–. ¿Quieres que
repitamos lo que hemos dicho?

A través de la ventana, Tony observó el semáforo
de la acera de enfrente. Estaba en ámbar, como si tra-
tara de avisarle del peligro que corría y le aconsejara
actuar con pies de plomo. A lo lejos, las luces de neón
de un letrero roto parpadeaban irregularmente y unas
carcajadas procedentes de un coche rasgaron el silencio que reinaba en la calle.

–No será necesario. Solo me interesa saber qué tipo
de armas vais a emplear –dijo Tony.

–Puede que cuchillos y pistolas –contestó Riff, decidido a impresionar al antiguo jefe de la banda.

–Lo imaginaba... Justo lo que se esperaría de un
corral de gallinas.

–¿A quién llamas gallinas? –interrumpió Action, en-
carándose con Tony.

–Conoce bien a los suyos, así que supongo que no
se refería a nosotros –comentó Bernardo.

Pocas horas antes, Tony se había escondido de los Jets. Pero, en aquel momento, por una razón que resultaría incomprensible para los miembros de la banda, había ido a su encuentro. Había actuado así por Bernardo y por su hermana. Tenía que demostrarle a Bernardo que podía confiar en él, que tenía derecho a ver a María, que había dejado a los Jets porque las riñas y peleas con los Sharks ya no le importaban, que había madurado, que se había convertido en un hombre que entendía lo que era estar enamorado.

—Os llamo gallinas a todos —dijo finalmente—. Ladrillos, cuchillos, pistolas... ¿Qué os ocurre? ¿Guardáis las distancias? ¿Os asusta luchar cuerpo a cuerpo, a puñetazo limpio? —añadió, enseñándoles los nudillos.

—¿Qué gracia tendría eso? Lo hacemos a diario —interrumpió Baby-John.

—Les hemos dejado elegir las armas —explicó Riff—. Así que ellos deciden. Los puños los utilizaremos de todos modos.

—Estáis escurriendo el bulto —continuó Tony. Tenía que hablar deprisa, mientras tuviera la situación bajo control—. Una pelea puede resolverse a puñetazos, si es que os atrevéis a correr el riesgo... El mejor de una banda contra el mejor de la otra.

—Me encantaría —respondió Bernardo, clavando la mirada en Tony, confiando en que fuera él el representante de los Jets–. De acuerdo, una pelea de hombre a hombre.

–Pero Nardo... –dijo Pepe en tono consternado–. ¿Y qué hacemos el resto? ¿Mirar?

–Yo no pienso quedarme ahí parado mirando mientras otros pelean –dijo Action, golpeando la taza vacía contra el mostrador.

–Un momento, los jefes deciden –manifestó Riff y, a continuación, se volvió hacia Bernardo–. De acuerdo, pelea a puñetazos, el mejor de los vuestros contra el mejor de los nuestros. ¿Cerramos el trato? –añadió, tendiéndole la mano.

–El apretón de manos no será necesario. Tienes mi palabra –dijo Bernardo–. Pero ¿por qué aguardar a mañana cuando podemos resolverlo ahora mismo? –Hizo una pausa y miró directamente a Tony–. Te espero en el puente.

–Me parece que te equivocas –dijo Riff. Con un gesto, le indicó a Diesel que diera un paso al frente–. Este es nuestro mejor hombre. Y mañana por la noche nos parece perfecto.

Incapaz de ocultar su decepción, Bernardo señaló a Tony.

–Pero yo creí que iba a luchar con...

–¿Quién os representará? –preguntó Riff.

–Yo –contestó Bernardo, sin dejar de mirar a Tony y pensando que María y Chino tendrían que casarse antes de lo planeado–. Yo representaré a los Sharks.

–Será un honor –dijo Diesel, cruzando las manos por detrás de la nuca.

–Antes no has querido estrecharme la mano. ¿Significa eso que quieres volverte atrás? –le preguntó Riff al jefe de los Sharks.

Action dio un paso al frente para hacerse escuchar.

–Eh, Bernardo, si quieres cambiar de idea, por mí no hay problema.

–Cierra el pico, Action. Tenemos visita. Abre la puerta –soltó Riff.

El teniente Schrank entró en el establecimiento en el preciso instante en que el encargado regresaba de la trastienda. El hombre miró con tristeza al agente y después a los muchachos.

–Buenas noches, teniente Schrank. Estaba a punto de cerrar.

Schrank se apoyó sobre la barra y se inclinó hacia el encargado hasta alcanzar el paquete de cigarrillos casi lleno que este último guardaba en el bolsillo de la camisa.

–¿Te importa que coja uno?

–¿Y por qué debería importarme? Ya estoy acostumbrado –respondió el hombre.

Schrank encendió lentamente el cigarrillo, dio un par de caladas y apagó la cerilla en la taza de café más cercana, que era la de Tiger.

–Vaya, vaya... –empezó a decir lentamente–. Pero si parece que estemos en la cárcel con todos estos inmigrantes por aquí, ¿a que sí, Riff?

Advirtió que Bernardo hacía intención de abalanzarse contra él, pero que Riff lo frenaba, y aquello lo convenció de que Murray le había dicho la verdad: los muchachos tenían algo entre manos. Estaban celebrando un consejo de guerra.

–Venga, hispanos, marchaos –le dijo a Bernardo en tono agradable–. Ah, sí, claro, es un país libre y no tengo derecho a echaros. Pero yo llevo una placa, así que haréis lo que yo os diga. De modo que... ¡largo! Y no quiero veros por las calles.

Schrank observó cómo los Sharks, en un silencio glacial, salían del local y se arremolinaban alrededor de Bernardo. Antes de que Krupke pudiera apearse del coche patrulla, los Sharks se separaron y partieron en direcciones opuestas. No podían seguirlos, así que Schrank le indicó a Krupke que permaneciera en el asiento del conductor.

–Bueno, Riff, ¿dónde será la pelea? –Esperó respuesta y levantó el mentón hacia varios de los muchachos, que desviaron la mirada. Dio un paso en dirección a Baby-John y Anybodys, pero estos metieron las narices en el cómic–. Venga, vamos, chicos. Un buen americano no habla con esos a menos que esté tramando algo. ¿Dónde será la pelea? ¿En el río? ¿En el parque?

Al no obtener respuesta, endureció el tono de voz.
–Oíd, muchachos, estoy de vuestro lado –dijo–. Yo
también quiero solucionar la cuestión y podemos ayu-
darnos mutuamente. Os echaré una mano. ¿Dónde vais
a pelear? ¿En el campo de juego? ¿En el solar de Swee-
ney? –Schrank mencionó un par de lugares más y esperó respuesta, pero esta no llegó–. ¡Sois un atajo de
imbéciles! –espetó con rabia–. Lo que tendría que hacer
es encerraros ahora mismo. ¡Malditos hijos de sucios
emigrantes! ¿Cómo van las borracheras de tu padre,
A-Rab? Y tu madre, Action, ¿sigue haciendo la calle?
Schrank se balanceó sobre sus talones y llevó la
mano derecha hacia la porra. Preparado, esperó a que
Action se abalanzara sobre él, pero Riff y Gee-Tar in-
terceptaron la rabia del muchacho.
–Soltadlo, chicos, soltadlo, porque uno de estos días
perderé la paciencia y no habrá nadie que le sujete.
–Schrank se dirigió hacia la puerta, mirándolos fijamente y con la mano en la porra–. No os preocupéis,
acabaré sabiendo dónde es la pelea. Y si no os rom-
péis la crisma entre vosotros, os la romperé yo a todos
–prometió.
Los Jets esperaron a que el coche patrulla se alejara
antes de abandonar la cafetería. Riff se detuvo bajo el
umbral de la puerta y esperó a Tony, que estaba sentado con las manos cruzadas y tensas sobre la barra,
pensativo.

—¿Te vienes, Tony? —le preguntó.

Durante unos segundos, Tony no se movió. A continuación, hizo girar el taburete.

—¿Por qué no me has emparejado para luchar con Bernardo?

—Porque a Diesel le da igual luchar sucio. Y tú, Tony... Bah, yo ya no sé qué pensar. No eres el mismo de antes. Además...

—¿Sí?

—Podemos prescindir de Diesel si es una lucha de hombre a hombre. Ya sabes cómo se las gasta Bernardo. No me fío de ese payaso. —Riff hizo una mueca de repulsión y después se restregó la mano en el pantalón—. ¿Te imaginas? Le he estrechado la mano...

—¿Y qué tiene de malo?

Riff hizo un esfuerzo por controlar la rabia que sintió ante aquellas palabras.

—Y otra cosa. Tony, eres mi amigo y la última persona a la que me gustaría ver en peligro. Pero si Diesel pierde, espero poder contar contigo. ¿Qué opinas?

—¡Ni hablar!

—No hay nada como la amistad —declaró Riff con ironía—. Y dime, ¿cómo es esa hermana de Bernardo? ¿Te la vas a tirar? Tío, eso sí que sería devolvérsela doblada —dijo riendo y, a continuación, hizo un gesto obsceno con su mano derecha.

–¿Quieres saber una cosa sobre ti y Bernardo? –preguntó Tony–. En lo que a mí respecta, podéis iros al infierno.

–Tío, pero ¿qué mosca te ha picado? –bramó Riff–. ¿Qué quieres decir, que pasas de nosotros?

Tony se levantó del taburete en el que estaba sentado.

–Piensa lo que quieras –dijo con voz temblorosa–. Y ahora, sal de aquí antes de que le haga un favor a Schrank y te dé una paliza.

CAPÍTULO SEIS

–Anton, ¿te encuentras bien? –preguntó la señora Wyzek desde la cocina.

Tony estaba en el baño, afeitándose. Se asomó, todavía con jabón en la barbilla y en las orejas, y le guiñó un ojo a su madre.

–Claro que sí, mamá. Pero es mejor que no grites así cuando me estoy afeitando. Está afilada.

Y levantó la cuchilla para demostrarlo.

–Lo siento, hijo –dijo su madre, moviendo los pies en el interior de un barreño lleno de agua fría–. Has trabajado todo el día, y con este calor...

–No me importa. Me ayuda a conservar la línea –respondió Tony.

La señora Wyzek lo observó con una sonrisa. Durante un largo y doloroso tiempo, Tony había sido un extraño para ella, pero ahora volvía a ser de nuevo su hijo. No se atrevía a preguntar cómo y por qué se había producido aquel cambio; lo único que sabía era que mañana, como había hecho durante los últimos cinco, casi seis, meses, volvería a dar gracias al Señor por el milagro obrado en Anton.

¡Ojalá su padre hubiese vivido lo suficiente como para verlo! Pero había fallecido joven, en la batalla de Tarawa, cuando Anton no era más que un niño, y no había podido compartir con él el desconcierto, el terror y la confusión que había sentido ante el comportamiento de su hijo y de todos los otros chicos de aquel horrible vecindario, convertidos en unos vagos y unos gamberros.

Pero entonces se había producido el milagro y Anton se había transformado en el hijo que siempre había soñado desde el día de su boda, el hijo al que había cuidado de niño, el hijo por el que había vertido tantas lágrimas cuando regresaba a casa como un verdadero extraño una vez que ya no le quedaba nada por hacer en las calles. Fuera lo que fuese –sus oraciones o algo que le había ocurrido–, lo agradecería durante el resto de su vida.

La señora Wyzek miró el pequeño ventilador que Anton había colocado sobre la cocina de gas y asintió con aprobación ante el ronroneo del motor y la suave brisa que enviaba por la estancia. Con el ventilador y el barreño, se sentía a gusto y feliz.

–¿Tomarás un refresco conmigo antes de salir? –preguntó.

–Pues claro, mamá. En cuanto me vista. ¿Qué hora es?

–Casi las ocho y media –dijo, alzando la mano para atrapar el aire frío procedente del ventilador–. Qué bien se está.

–Así me gusta. –Tony le guiñó un ojo–. Voy a terminar de afeitarme.

–Bien. Ten cuidado y no te cortes.

El espejo estaba empañado por el calor que hacía en el baño y Tony lo limpió con la mano antes de acercarse y torcer la boca para rasurar un ángulo que se le solía resistir. Mientras limpiaba la cuchilla con agua tibia, miró su reflejo frunciendo el ceño, apoyó las manos en el borde del lavabo y se preguntó qué iba a pasar exactamente aquella noche. ¿Cómo iría todo? No era capaz de imaginarlo, y recordó de nuevo su encuentro con María.

Sus labios formaron el nombre de la muchacha. María. Era un nombre perfecto, adecuado para designar al sol, las estrellas, la luna y el amor.

Pero por mucho que lo intentó, le resultó difícil concentrarse en María; los Jets y los Sharks no cesaban de acudir a su mente. Aquella misma tarde, alrededor de las tres, Baby-John había entrado en la tienda para comprar un nuevo cómic y le había susurrado al oído que, aunque Riff no lo hubiera elegido para pelear contra Bernardo, estaría encantado de volver a verlo entre los Jets. Había dicho que hablaba por todos. Los Jets sabían que podían contar con él, y Riff quería que Tony se reuniese con ellos en el puente a las nueve de la noche.

—Acabo de robar un punzón de hielo de la tienda de cinco centavos —había anunciado con orgullo Baby-John—. Y me he hecho una funda. Lo llevaré a la espalda, por debajo de la nuca. Y si esos cerdos de los Sharks presentan pelea cuando Diesel acabe con su hombre, iremos a por ellos. Yo personalmente me encargaré de Pepe y Nibbles —había dicho, acariciándose la marca que estos le habían dejado—. Voy a atravesarles la oreja con el punzón, para que así puedan ponerse pendientes como esas zorras que van con ellos.

Tony había invitado a Baby-John a un refresco y le había aconsejado que no se dejara caer aquella noche por el lugar de la pelea. Pero sabía que Baby-John no le haría caso. Más bien al contrario: se apresuraría a contar a los Jets lo que había dicho Tony. Algunos de ellos, especialmente Action y Diesel, asegurarían que se había convertido en un gallina y que aquella noche no se le vería el pelo. Seguro que Riff pasaría un mal rato, así que, aunque no le hiciera mucha gracia, Tony se sintió obligado a ir. Por Riff.

A las cinco, cobró su paga —cincuenta dólares por cincuenta horas de trabajo—, compró un ventilador eléctrico, corrió hacia su casa y se dio una ducha rápida. Le dijo a su madre que no tenía hambre, que hacía demasiado calor para comer y que regresaría más tarde.

A las cinco y media, se escondió en el umbral de un edificio frente a la tienda en la que trabajaba María. Vio cómo se marchaba la propietaria, y unos minutos antes de las seis, distinguió a la voluptuosa novia de Bernardo, que también salía. Soltó una maldición cuando Anita regresó y golpeó la puerta con los nudillos. María la abrió, pero Anita, finalmente, se fue.

En aquel momento, con el corazón cabalgando desbocado en el pecho, Tony salió disparado hacia la puerta trasera del establecimiento.

Sí, allí estaba: era la misma muchacha de la noche anterior, la que había volado junto a él sobre una nube y, en aquel momento, le tomaba la mano en silencio y lo guiaba al interior de la tienda.

—Pensaba que las seis no llegarían nunca.

—Yo también he estado pendiente del reloj toda la tarde. Las manecillas parecían no querer avanzar —admitió María.

—A mí me ha pasado igual. —Dio un vistazo a su alrededor—. No hace tanto calor aquí dentro.

—Eso mismo ha dicho la señora, que aquí se estaba mejor que en su piso. Por un momento creí que iba a quedarse.

Tony acarició un retal de seda blanca.

—Pero al final se ha ido. Y después he visto salir a esa otra chica.

—¿Anita?

–Sí, eso creo. La novia de Bernardo.

–Sí, Anita. Quería que regresara con ella a casa...
–María separó los brazos, imitando a Anita–. ¿Sabes
cómo llama a la señora?

–¿Vieja?

–Eso, y algo más: «bruja».

–Bueno, tiene sentido, aunque creo que no existe
escoba lo suficientemente robusta como para soportar su peso.

–Eso mismo le diré a Anita –dijo María riendo–.
Quería que fuera con ella a casa para darme un baño
de... –Se detuvo para encontrar la palabra–. ¿Burbujas?

–Hoy Doc ha vendido un montón de geles de baño.
Podría haberte traído un regalo. ¿Qué fragancia utiliza Anita?

–Orquídea Negra.

Tony negó con la cabeza, mostrando su desacuerdo.
Aquella fragancia no armonizaba con María.

–Tenemos otras mejores en la tienda –anunció–. Mañana te traeré unas muestras. Y otras cosas también.

–No debes hacerlo, Anton.

–¿Y por qué no?

Ella le dio la espalda y examinó un patrón colocado
sobre la mesa de corte.

–Anita se ha ido a casa para arreglarse, para ponerse
guapa y provocativa...

–¿Y?

María se volvió y lo miró con expresión triste.

–Lo hace para Bernardo. Saldrá con él después de la pelea. «¿Por qué siempre han de pelearse?», le he preguntado. ¿Y sabes lo que me ha dicho? Me ha respondido que los chicos luchan porque llevan fuego dentro, una pasión y ardor que no consiguen apagar con el baile y ni siquiera con... –María se sonrojó–. Ni siquiera con las chicas. Anita dice que, después de una pelea, mi hermano tiene tanta energía que no necesita darse baños con Orquídea Negra. –Hizo una pausa y tomó aliento–. Anita sabe que estás aquí. He tenido que decírselo. Era la única manera de que se marchara.

–Lo comprendo –dijo Tony con expresión seria–. ¿Y qué ha dicho?

–Que tú y yo... estamos locos. Que no estamos en nuestros cabales.

–Así que piensa igual que Bernardo y tampoco aprueba que nos veamos.

María negó con la cabeza, y por la expresión de sus ojos, Tony entendió que, de ser esa la opinión de Anita, María no pensaba hacerle el menor caso.

–Ha dicho que estamos locos si pensamos que vamos a poder vernos. Que eso es imposible.

–¿Ves lo equivocada que está?

–Está de nuestra parte, Tony –objetó María–. Pero también preocupada.

–Tú y yo somos invencibles, María. Y te diré por qué. –Apoyó las manos, de repente húmedas por el calor, en los hombros de la muchacha e inclinó la cabeza hasta situar los ojos a la misma altura que los de ella–. Porque estamos en el cielo, sobre una nube. Y ese tipo de magia no desaparece así como así.

–La magia también puede ser negra y tener fines malvados... –María se estremeció–. Anton, Tony, necesito saberlo. ¿Me dirás la verdad?

–Ahora y siempre.

–¿Tú también vas a participar en esa pelea?

Tony suspiró y, a continuación, negó con la cabeza.

–No lo tenía claro hasta que me lo has preguntado. Me sentía confuso, pero ahora ya no lo estoy. La respuesta es no. Lo único que voy a hacer esta noche es irme a casa, arreglarme y pasar a buscarte.

–Pero antes de que vengas a recogerme tengo que hablar con mi madre y con mi padre. Y antes de eso, debes impedir la pelea –dijo María con firmeza.

–Ya lo hice –anunció el muchacho–. Ayer por la noche. No tendrá importancia. Solo será una pelea a puñetazos. A Bernardo no le pasará nada.

–No. –María continuó negando con la cabeza–. Cualquier pelea es mala para nosotros.

–María, llevo aquí más tiempo que tú. Es decir... –vaciló unos momentos, confuso al ver que ella se horrorizaba ante aquellas palabras–. La lucha no tiene nada que ver con nosotros dos. No va a pasar nada. Nada de nada –insistió–. Y sonríe otra vez, por favor.

–Solo si impides la pelea. Hazlo por mí –respondió María–. Te lo suplico... No solo por mí, sino por los dos. Debes impedirla.

–Si tanto significa para ti, para los dos, lo haré.

–¿Podrás? –preguntó María, apretándole las manos con agradecimiento–. ¿De verdad podrás?

–Si tú no quieres que haya pelea, ni siquiera un par de puñetazos, no la habrá. Tus deseos son órdenes –fanfarroneó.

–Tengo fe en ti –afirmó María, juntando las manos reverencialmente–. Lo lograrás. Eres mágico.

Había llegado el momento de abrazarla, de tenerla de nuevo entre sus brazos, y ella, como si se sintiera abrumada por el calor, apoyó la cabeza sobre el hombro de Tony.

–¿Puedes ponerte de nuevo el vestido blanco? ¿Sabes? Apenas tuve oportunidad de apreciarlo.

–¿El vestido blanco?

–Sí, el vestido blanco, María. –Tony rozó suavemente con los labios el lóbulo de la oreja de la muchacha al pronunciar su nombre–. Llévalo esta noche, cuando venga a recogerte a tu casa.

–¡No puedes venir a casa! –exclamó María aterrada–. Mi madre...

–... va a conocer a la mía –la interrumpió Tony–.

Pero primero tengo que conocerla yo, para poder invitarla cuando te lleve a mi casa. Yo también tengo una madre, ¿sabes? En cambio, mi padre falleció hace tiempo.

–Vaya, lo siento mucho, Anton. –María rompió el contacto que mantenían con el abrazo y Tony la dejó partir de mala gana–. La verdad es que no sé si es buena idea...

–Pues yo sí –respondió el muchacho con aire confiado–. Ahora, observa bien. Nada por aquí, nada por allá –dijo, fingiendo que se arremangaba–. ¿No eres tú la que dices que soy mágico? Pues... –Señaló un maniquí cercano con un pañuelo de color amarillo claro al cuello. Agitó los dedos hacia el maniquí y después se volvió hacia María–. Ahí tienes a mi madre. Mira, ha salido a toda prisa de la cocina para recibirte. Cuando está en casa, se pasa la mayor parte del tiempo ahí metida. En la cocina.

–¿Con un vestido tan elegante? –susurró María con expresión arrobada.

–Le dije que llevarías tu vestido blanco. –Tony se apoyó en el maniquí e hizo que se balanceara–. Ves, te mira de arriba abajo, como diciendo: «Bueno, algo flacucha, pero bonita, y si a Tony le gusta...».

María dibujó con las manos la silueta de una señora obesa.

–¿Está...?

—Bueno, no le molesta que le digan que es corpulenta, pero nunca le digas que está gorda.

—No se lo diré –prometió María, mientras tomaba otro maniquí de proporciones más esbeltas–. Esta es mi madre –anunció, mirando a Tony desde detrás del maniquí con una sonrisa en los labios–. Y yo me parezco a ella.

—¿Cómo está usted, señora Núñez? Mi hijo me ha hablado mucho de su hija, y debo decir que no ha exagerado en absoluto. Es un encanto de muchacha.

—Gracias, señora Wyzek. –María también movió su maniquí de lado a lado, dispuesta a entrar en el juego–. Este es mi esposo, el señor Núñez. Encantado, señora Wyzek.

—Igualmente, señor Núñez. Quiero hablarle de mi hijo. ¿Sabe? Parece estar como loco..., es decir, loco de amor por su hija. Y le gustaría hablar con usted sobre María.

—Primero hablaremos de Tony –dijo María, imitando la voz de su padre–. ¿Va a misa los domingos?

—Solía ir. Y volverá a hacerlo. –Tony surgió de detrás del maniquí y se arrodilló frente al que representaba al señor Núñez–. ¿Me concede la mano de su hija?

María salió de detrás de su maniquí, lo observó durante un instante y, a continuación, dio un par de alegres palmadas.

–¡Dice que sí! ¡Y mamá también! Ahora preguntémosle a tu madre.

–Ya lo he hecho. –Tendió la mano para tomar la de María y se la llevó a los labios–. En este preciso momento te da un beso en la mejilla.

–Mis padres querrán una boda por la iglesia.

–Mi madre también –dijo Tony, rascándose la cabeza con aire pensativo–. Tendré que explicarle muchas cosas al sacerdote, pero cuando te vea, lo comprenderá...

–Anton...

–Y cuando prometa amarte y respetarte hasta que la muerte nos separe, lo diré de todo corazón. Así que ayúdame, María, y será la promesa más fácil que haya hecho en mi vida.

–Te quiero, Tony. Y lo único que deseo es que seas feliz.

–Juntos lo seremos –insistió–. Así será. Sí, quiero.

–Sí, quiero. –María volvió a besarlo y, al separarse, lo miró con ojos radiantes–. Me pondré el vestido blanco y esperaré que vengas a casa después de impedir la pelea.

–No tengas ninguna duda de que lo haré –dijo Tony. A continuación, miró el reloj que colgaba en la pared y, sorprendido, anunció–: Son casi las siete. Tu madre y tu padre deben de estar preocupados. Deja que te acompañe a casa.

—No, sal por la puerta de atrás —apremió ella—. Yo cerraré la tienda. Tony, ¿y qué les digo a mi madre y a mi padre sobre lo de ponerme el vestido blanco?

—Pues que un chico va a pasar a recogerte y vais a salir —explicó pacientemente—. Y cuando llegue, verán que soy yo.

Tras su encuentro, Tony se había sentido pletórico y había paseado luciendo una sonrisa en el rostro durante casi más de una hora. Después, al llegar a casa, su madre había insistido en que bebiera algo frío. Solo después de haberse tomado un vaso de leche de dos tragos pudo escapar al baño.

—¡Mamá! —gritó mientras lavaba la cuchilla por última vez—. ¿Qué hora es?

—Casi las nueve menos cuarto, Anton.

—Debo darme prisa —dijo, apresurándose hacia el dormitorio.

—¿Vas a ponerte el traje nuevo?

—Claro.

—Te queda muy bien. Me encanta verte bien vestido y arreglado. Y no olvides cepillarte los zapatos.

—Lo haré —aseguró mientras se ajustaba la corbata. Sin embargo, cambió de opinión y decidió guardarla en el bolsillo de la chaqueta. Se la pondría justo antes de llegar a la casa de María.

Tal vez, si todo iba bien, podría decirle a Bernardo lo que sentía por su hermana, y si este prefería no escuchar, tal vez habría llegado el momento de que alguien, y no Diesel precisamente, le hiciera entrar algo de sentido común en su cabeza. «Date prisa –se dijo a sí mismo mientras se contemplaba en el espejo–. Cuanto antes llegues al puente, antes verás a María».

Riff empujó a un lado la lata de cerveza que había estado bebiendo, se pasó el dorso de la mano por los labios y miró de nuevo el reloj. Faltaban diez minutos para las nueve. Hora de moverse.

–Bien, vamos hacia el puente. Por separado –ordenó a unos Jets tensos y nerviosos–. Y por el amor de Dios, vigilad que Schrank no aparezca. Lo llevo pegado al culo todo el día.

Los Jets se fundieron con la oscuridad. En una calle cercana, Bernardo daba órdenes similares a sus Sharks.

–¿No tenías que quedarte en casa esta noche? –preguntó a Anita.

Ella se apretó contra él, moviendo lentamente las caderas.

–Le he dicho a mi madre que iba a quedarme con María y le ha parecido bien. ¿Dónde me llevarás?

–Ya veremos. Ahora debo irme.

–Ve con cuidado, Nardo. Y no tardes. Estaré esperándote aquí mismo.

Bernardo se despidió con un gesto y se alejó calle

abajo. Una manzana más allá, se detuvo en un portal para comprobar el funcionamiento de su navaja. El limpio chasquido y la aparición instantánea de la afilada hoja le dieron confianza. Con aquel cuchillo, iba a apuñalar el corazón de aquel mundo extraño y hostil. Sí, aquel cuchillo lo hacía grande e importante, incluso más que nadie, porque con él podía poner a quien fuera en su sitio, hacerlo pedazos y pisotearlo sin cuidado después. Bernardo guardó la navaja. No planeaba utilizarla aquella noche, pero si a los Jets se les ocurría hacer algo raro pensando que no iba preparado, se encontrarían con una sorpresa bastante afilada. Veinte centímetros de sorpresa en el estómago.

Bernardo esperó a que pasara un coche, atravesó corriendo la calzada y bajó lentamente el terraplén hundiendo los talones, con cuidado de no torcerse el tobillo. Los ojos se le habían acostumbrado a la oscuridad y comprobó que, pese al calor, algunos Sharks llevaban puesta la chaqueta. Se identificó con un silbido, y Chino y Pepe lo llamaron al tiempo que uno de los Jets avisaba de que finalmente el jefe hispano había aparecido. Hispano... Ya les enseñaría alguna vez de lo que era capaz un hispano. Entonces sí que correría la sangre.

–Formad un semicírculo a mis espaldas –ordenó a los Sharks–. Y no me quitéis el ojo de encima. Si intentan algo...

–Estaremos vigilando, Nardo. No nos fiamos ni un pelo de ellos –dijo Toro.

–Iré contigo –anunció Chino mientras Bernardo empezaba a quitarse la camisa.

–De acuerdo –asintió Bernardo. Estiró los músculos de la espalda y los hombros, y comprobó que todavía llevaba el cuchillo en el bolsillo–. Vamos.

–Nuestro hombre está listo –gritó Chino.

–El nuestro también –respondió Riff–. Ahora, reuníos en el centro y estrechaos la mano.

–¿Para qué? –Bernardo escupió.

–Porque así es cómo se hace –explicó Riff, burlándose de la ignorancia de los puertorriqueños.

–¿Más modales y cortesías? –preguntó Bernardo. A continuación, señaló a Diesel y a Riff, pero se dirigió a los Jets al completo y a todo aquel que se les pareciera–. Mirad, ya basta de comedias. En este país nos odiáis todos, sin excepción...

–Cuánta razón tienes –interrumpió Riff.

–... y nosotros os odiamos el doble. Yo no me siento a la misma mesa con alguien a quien odio. –Bernardo escupió de nuevo–. Y no estrecho la mano de alguien a quien odio.

Con los puños levantados y listos, dio un paso al frente.

–Como quieras... –dijo Riff. Se hizo a un lado y dirigiéndose a Diesel, añadió–: Todo tuyo.

Con el ceño fruncido y el puño derecho apretado, Diesel se movió lentamente. Era más corpulento que Bernardo, y la luz no era tan buena como le habría gustado. Pero confiaba en que soportaría los golpes de su adversario. Aun así, iba con cuidado, porque aunque el hispano era ligero, tenía fama de dar fuerte. Bernardo se había labrado una reputación como luchador callejero y había gente que se atrevía a afirmar que si consiguiese pelear sin odio y tener una mentalidad más tranquila y empresarial, podría convertirse en un excelente boxeador e incluso hacer carrera.

Diesel lanzó la izquierda hacia la mandíbula de Bernardo, pero este la esquivó dando un paso atrás antes de contraatacar con la derecha. Diesel también evitó el puñetazo fácilmente. A continuación, Diesel volvió a intentarlo, fintó como si fuera a lanzar un derechazo y apartó la cabeza para evitar el puño de Bernardo, que le rozó la oreja. Al parecer, el hispano buscaba dejarlo fuera de combate por la vía rápida, lo que significaba que descuidaría el ataque al cuerpo, algo que le venía bien a Diesel porque Bernardo se vería obligado a pelear con manos y brazos a la altura del rostro. Si conseguía darle un buen golpe en el estómago, el hispano se doblaría en dos y podría darle un gancho en la boca que le haría saltar al menos tres o cuatro piezas de su blanca dentadura.

Diesel encajó un izquierdazo de Bernardo en el hombro y contraatacó con otro hacia las costillas de su oponente. El golpe no obtuvo el efecto deseado: Bernardo lo sorteó y, con un movimiento rápido, lanzó la izquierda hacia los labios de Diesel, que empezaron a hincharse.

Bernardo sabía que el americano era duro y, al ver que el golpe había alcanzado a Diesel, quiso celebrar el triunfo. Movió los pies, confiados y certeros, alrededor de Diesel, acercándose y alejándose, mientras con los brazos esquivaba y lanzaba puñetazos. Pelear era como bailar: había pasos y ritmos que seguir, y una vez que se aprendían, se ejecutaban con naturalidad, sin tan siquiera pensar. Giraría en torno a él un poco más, lanzando puñetazos y ganchos, fintando y agazapándose, y después cambiaría el sentido. Quizá con aquella técnica conseguiría que Diesel bajara las manos durante un segundo, justo lo que necesitaba para lanzar un golpe certero.

De repente, oyó que alguien gritaba y dio un traspié. Al recuperarse, comprobó que Diesel también había retrocedido.

–¡Alto!

–Es Tony –anunció alguien–. Más vale tarde que nunca.

Tony se interpuso entre los dos luchadores y recuperó el aliento.

–Pero ¿qué mosca te ha picado? –dijo Riff, dando un paso al frente.

–Deteneos –dijo Tony interponiéndose entre los puñetazos que seguían lanzándose Bernardo y Diesel.

–Tío, pero ¿qué haces? –dijo Riff, molesto–. Venga, Tony, no nos hagas perder tiempo.

Bernardo bajó los brazos, jadeando, y retorció el puño derecho en la palma de su mano izquierda.

–Tal vez ha encontrado agallas y quiere pelear –comentó sonriendo mientras los Sharks reían la broma.

Tony también rio, y todavía con la sonrisa en los labios, le tendió la mano a Bernardo.

–No se necesitan agallas para pelear, Nardo. Se necesitan motivos. Y yo no veo que haya ninguno.

Bernardo apartó de malos modos la mano que le tendía Tony y, a continuación, le dio tal empujón que lo tumbó sobre el suelo polvoriento.

–Para ti, y para el resto de la basura aquí presente, mi nombre es Bernardo, aunque puede que a partir de esta noche tengáis que llamarme «señor Bernardo».

–Ya basta –dijo Riff, mientras ayudaba a Tony a incorporarse y pedía calma a los Jets, asegurándoles que controlaba la situación–. El trato fue una pelea a puñetazos entre tú y Diesel.

Bernardo se acercó y abofeteó a Tony. A continuación, se volvió hacia Diesel.

–Paciencia, después te daré lo tuyo. Pero primero empezaré con el niño bonito. –Bernardo trataba de aguijonear a Tony, que se frotaba la mejilla–. ¿Qué pasa, guapo? ¿Tienes miedo? ¡Cobarde! ¡Gallina!

Riff dio un paso al frente y se encaró a Bernardo.

–¡Basta ya!

Pero Tony rehusaba tomar partido por los Jets. En aquel momento, se daba cuenta del error de cálculo que había cometido. No importaba lo que le había dicho o prometido a María: hubiese sido mejor que resolvieran aquel asunto como habían convenido. Si Diesel hubiera vencido a Bernardo, todo se habría arreglado, y él habría tenido la oportunidad de ofrecerse para enfrentarse a Diesel y demostrarle así a Bernardo que solo quería la paz entre ellos. En caso contrario, si Nardo hubiese vencido a Diesel, le habría ofrecido la mano a su futuro cuñado, y si Nardo hubiese rechazado el apretón y lo hubiese empujado, habría podido lanzarle un puñetazo limpio, vencerlo y tenderle de nuevo la mano o volver a empezar.

Sin embargo, en aquel momento ya era demasiado tarde para cualquiera de aquellas cosas, y Tony se estremeció al sentir el odio terrible que albergaba Bernardo. Ya nada se podía hacer. Era demasiado tarde, pero tenía que intentarlo, por María. Incluso estaba dispuesto a arrastrarse si lo consideraba necesario.

–Bernardo, no hay razón para pelear. ¿Es que no lo has entendido? –dijo Tony en voz baja y tono firme.

Bernardo negó con la cabeza.

–Lo he entendido perfectamente. ¡Lo que ocurre es que eres un gallina!

–¿Por qué no quieres entenderlo? –preguntó, mientras gesticulaba hacia Action para que mantuviera la boca cerrada.

Bernardo se acercó, ahuecando la mano sobre la oreja, mientras con la otra le pellizcaba la nariz a Tony.

–No te he oído, gallina –aguijoneó de nuevo–. ¿Qué has dicho? A-Rab quiere que me des una paliza, pero, al parecer, eres demasiado cobarde.

–Bernardo, déjalo ya.

Complacido, Bernardo empezó a bailar alrededor de Tony, pellizcándole la nariz, acariciándole el mentón, golpeándole la oreja, haciendo piruetas en torno al muchacho como si fuera un torero.

–Lo llamaría toro, pero es un gallina –dijo hacia los Sharks, que estaban encantados con la escena–. Venga, gallina. ¿Tienes algo que decir antes de que te obligue a poner huevos?

Aquello fue demasiado para Riff. Avergonzado, recordó las veces, los días, semanas y meses que se había pasado defendiendo a Tony, su mejor amigo, de los comentarios de Action y Diesel, incluso de los de Baby-John y Anybodys. Aquello no tenía ningún sentido. Ningún blanco con un mínimo de orgullo soportaría lo que estaba haciendo aquel maldito hispano. ¿Qué le pasaba a Tony? ¿Estaba mal de la cabeza? ¿Cómo podía aguantar toda aquella mierda? Puede que Tony no se sintiera avergonzado porque estaba loco o no tenía agallas, pero él sí se sentía humillado. Se llevó la mano al bolsillo y notó el bulto reconfortante de la navaja.

Bernardo volvió a abofetear a Tony.

–¡Gallina cobarde!

–¡Por el amor de Dios, Tony! –exclamó Riff angustiado–. ¿Qué te ocurre? ¿Has perdido la cabeza, maldito hijo de puta? ¿Por qué se lo permites?

–¡Mátalo, Tony! –gritó Anybodys.

–¡Mátalo! ¡Mátalo! –insistió Baby-John dando brincos.

–¡Este no va a matar a nadie! –se mofó Bernardo–. Es un maldito sucio, vago...

Con un grito de rabia, Riff empujó a Tony y se lanzó hacia la garganta de Bernardo. Lo desequilibró, se agachó y lo puso de nuevo en pie para darle un puñetazo en la boca.

Bernardo sintió el sabor metálico de la sangre en su boca, pero bajó la cabeza para embestir a Riff en la cara. Mientras Riff se tambaleaba hacia atrás a causa del golpe, Bernardo ya había sacado el cuchillo. Al enjugarse la sangre, vio el destello de la navaja que Riff también empuñaba. Había llegado lo inevitable, así tenía que ser. Por el rabillo del ojo, vio que Tony trataba de zafarse de Action y Diesel, que lo retenían.

Moviéndose, fintando y dando círculos mientras blandían los cuchillos a la defensiva, los dos líderes fueron disminuyendo la distancia que los separaba. Ambos contaban con la suficiente experiencia como para saber que aquel tipo de peleas no se solían prolongar por mucho tiempo. Podían acabar a la primera acometida, y nunca duraban más allá de la segunda o la tercera.

En torno a ellos, el perímetro se fue estrechando, y al acercarse para ver lo que ocurría, Diesel y Action se despreocuparon un momento de Tony, cosa que este aprovechó para alejarse de ellos.

Todo ocurrió muy rápido. Oyó que Riff le gritaba que maldita sea, que volviera a su sitio. Mientras abría el brazo y señalaba hacia atrás para enfatizar la orden, dejó al descubierto uno de sus flancos: aquello le proporcionó a Bernardo los pocos segundos que necesitaba para abalanzarse sobre él, impulsar el cuchillo hacia arriba en un arco letal y clavárselo en el tórax a Riff, justo debajo del corazón.

Antes de llegar al suelo, Riff ya estaba muerto. Con un grito de angustia, Tony arrebató el cuchillo de la mano inerte de su amigo y cargó con tal rapidez que cogió a Bernardo desprevenido. Pillado a contrapié, Bernardo no tuvo tiempo de adoptar una posición defensiva y los veinticinco centímetros de la navaja penetraron en su costado. Con una expresión de sorpresa en el rostro, Bernardo se desplomó, sin vida.

El olor a muerte, las lúgubres sombras del mundo que los rodeaba, los cuerpos inertes que yacían en el suelo, arrebatados de toda vida tan repentinamente por el odio y la violencia... Era una escena insoportable. Después, el aullido de una sirena, el ruido de los frenos del coche patrulla que se detenía ante ellos y el haz de un foco rompiendo la oscuridad de la calle sacaron a Jets y Sharks de su estupor y los empujaron a dispersarse.

Diesel agarró a Tony por el brazo, y mientras este corría, los ojos se le llenaron de lágrimas. Su mundo estaba en llamas, ardiendo, resquebrajándose. María. Gritó su nombre una y otra vez, lo repitió sin cesar, pero solo la sirena, violenta y llena de desesperación, respondió a su llamada.

CAPÍTULO SIETE

La radio sintonizaba una emisora que se enorgullecía de hacer sonar melodías aceleradas y enloquecedoras de ritmos sencillos y primitivos con letras sinsentido. En la azotea, las chicas movían los pies y los hombros al son de la música, mientras escudriñaban impacientes la oscuridad. Al fin y al cabo, ya habían dado las nueve y media, y aquello solo significaba una cosa: que la pelea había sido de las buenas. ¡Oh, claro que estaban ansiosas...! ¡La noche prometía amor salvaje!

Consuelo contempló su reflejo en un espejito de mano y decidió que prefería su perfil izquierdo: pestañas postizas más largas y rellenos más generosos.

–Es mi última noche como rubia –anunció.

–Bueno, el mundo no perderá gran cosa –intervino Rosalía.

–Más bien al contrario: ¡ganará! –replicó Consuelo, guardando el espejito en el bolso–. Una pitonisa le dijo a Pepe que una mujer morena estaba a punto de aparecer en su vida.

–¡Ah, ahora entiendo por qué no vendrá a recogerte después de la pelea! –soltó Rosalía y, a continuación, cruzó la azotea en dirección a María para explicarle cómo acababa de cantarle las cuarenta a Consuelo, que era incluso más estúpida de lo que ella misma admitía.

Los aullidos de unas sirenas lejanas hicieron que María se estremeciera. Había algunos sonidos que le desagradaban, que odiaba, incluso que temía, y el de las sirenas le provocaba estos tres sentimientos a la vez. Las sirenas casi siempre traían problemas –una enfermedad, un accidente, una muerte, un incendio–. Pero aquellas sirenas no tenían nada que ver con ella.

–No va a haber ninguna pelea –le dijo a Rosalía.

–¡Vaya, otra pitonisa! –respondió Rosalía, apuntándola con el dedo.

María se asomó a la baranda de la azotea y contempló la calle, preguntándose cuándo llegaría Tony. No había prisa, porque su madre y su padre habían ido al cine con sus tres hermanas pequeñas. Ella y sus hermanas habían empezado a discutir, y su padre, para zanjar la riña, había sugerido ir al cine. Seguro que las pequeñas se dormían una vez allí y con aquel calor estarían más cómodos que en casa.

Entusiasmada, había apoyado la idea, pero le dijo a su padre que ella no los acompañaría porque aquella noche había quedado para salir con Bernardo y Anita y algunas de las chicas.

–¿Dónde va a llevarte Chino después de la pelea que, según tú, no se va a producir? –le preguntó Consuelo.

María se volvió con una sonrisa enigmática en el rostro.

–Chino no va a llevarme a ninguna parte.

–¿Así que te has puesto tan mona solo para nosotras? –dijo Rosalía, señalando el vestido blanco de María.

–No, no seas tonta. –María negó con la cabeza. Observó a las chicas, calculando cuánto debería contarles–. ¿Sois capaces de guardar un secreto?

Consuelo aplaudió.

–Yo soy terrible para esas cosas. Si me lo cuentas, se lo habrás contado a todo el mundo, lo que, por otra parte, te ahorrará muchos disgustos, tiempo y saliva.

–Estoy esperando al chico con el que me voy a casar.

–¡Pues vaya secreto...! –exclamó Consuelo, decepcionada–. ¿Sabes una cosa, Rosalía? Chino es un buen partido. No suele ir por ahí presumiendo de lo buen amante que es. Ni se da importancia con eso de que trabaja, pero tiene un empleo. Así que, ¿sabes qué es lo que pienso?

–¿El qué? –preguntó pacientemente Rosalía.

–Pues que no se le va la fuerza por la boca. ¡Y esos suelen ser los que más rinden en todo! –añadió con picardía–. ¿Y cuándo dices que te casas con ese donjuán?

María tomó aliento.

–No estoy esperando a Chino.

–¡Pobrecita! –Consuelo posó la mano sobre la frente de María–. ¡El calor la ha vuelto loca! ¡Está loca!

–¡Sí, así es! –Los ojos de María brillaban de entusiasmo–. ¡Estoy loca de felicidad! Decidme, ¿creéis que Chino podría hacerme sentir así?

Completamente desconcertada, Consuelo miró a Rosalía en busca de una explicación, pero esta última se encogió de hombros.

–Yo diría que María parece distinta –observó.

–¿De veras? –preguntó María–. ¿Tú crees? Incluso si pareciera la misma, ¿advertirías que me siento distinta?

Rosalía asintió.

–Muy distinta. Radiante, diría yo.

–¡Es justo como me siento! –exclamó María–. Me siento bonita, diferente, hermosa. Siento que podría volar si me lo propusiera. Que podría empezar a correr por el pretil de la azotea y llegar de un salto a la siguiente. –Levantó la mirada hacia el cielo–. Solo veo estrellas, millones. Y cuatro o cinco lunas. Estoy enamorada del muchacho más maravilloso del mundo.

–Pues claro –dijo Consuelo–. De Chino. –A continuación, se volvió hacia su amiga y le comentó–: Ese chico tiene algo, seguro.

–Un empleo. Y de los buenos –soltó Rosalía, entre risas.

–Oh, cállate –protestó Consuelo–. Piensas con la cabeza, y María piensa con el corazón. Me pregunto si ya...

Rosalía se encogió de hombros.

–No lo ha admitido, así que no podemos decir nada.

–Pero siempre podemos afirmar que nos lo contó... –sugirió Consuelo.

María se arrodilló para apagar la radio y, a continuación, se inclinó sobre la barandilla.

–Alguien está gritando mi nombre ahí abajo. ¡Hola! Estamos aquí, en la azotea. –Pletórica, se volvió hacia las chicas–. ¡Ahora lo conoceréis!

Corrió hacia la puerta, la abrió y esperó. «Pobre Tony, habrá llamado y nadie le ha abierto».

–¡Aquí arriba! –gritó–. ¡Date prisa! Quiero que conozcas a unas amigas.

Sin embargo, María calló de repente al ver que era Chino el que se había detenido en el rellano inferior.

–Tengo que hablar contigo –anunció el muchacho–. ¿Con quién estás?

–Con las chicas –contestó María–. Chino, ¿qué pasa? Parece que hayas tenido un accidente.

–¿Está Anita?

–No, no está aquí. Chino, pareces enfermo –dijo María, bajando unos peldaños–. ¿Qué ocurre?

Chino apoyó la espalda contra el muro, se observó las manos como si nunca antes las hubiera visto y se secó el rostro sudoroso y descompuesto con la manga de la camisa.

–Vayamos abajo, María –pidió, y haciendo un gesto hacia las otras chicas, añadió–: Vosotras no os mováis de ahí. Y no fisgoneéis.

–No hace falta que nos lo digan dos veces para que lo entendamos –replicó Consuelo.

–¡Dejadlo en paz! –María subió corriendo las escaleras, cerró la puerta de la azotea y volvió a reunirse con Chino–. ¿Qué ocurre? ¿Te has metido en algún lío?

–¿Dónde están tu padre y tu madre? ¿Y tus hermanas?

–Han ido al cine. Chino, ¿te has peleado?

Chino gimió y se cubrió el rostro con las manos.

–Todo ha ocurrido tan deprisa...

–¿Qué es lo que ha ocurrido tan deprisa?

–María, en la pelea...

–Pero si no hubo pelea... –respondió ella.

Chino desvió la mirada.

–Sí la hubo, María. Y ocurrió lo que nadie hubiera deseado que ocurriese. –Y en un gesto de desesperación, golpeó la pared con el puño.

María sintió de nuevo el aliento frío del miedo que le acariciaba las mejillas.

–¡Cuéntame! ¿Qué ha pasado? ¡Cuéntamelo enseguida!

–Durante la pelea –empezó a decir Chino–, Nardo sacó...

–Sigue.

–... un cuchillo y...

–¡Tony! –gritó María, zarandeando a Chino–. ¿Qué le ha pasado a Tony?

Chino la miró sorprendido y apoyó una mejilla en el muro. Entonces, por primera vez, se percató de que María llevaba el vestido blanco y zapatos de tacón, incluso se había puesto carmín en los labios, y comprendió que no era por él.

–¿Tony? –dijo con tono despiadado–. Tony está bien. ¡Ha matado a tu hermano!

–¡Mientes! ¡Mientes! –exclamó María, dándole puñetazos en el pecho–. Te lo estás inventando todo, ¡y te odio! Voy a decirle a Nardo que no quiero verte por aquí nunca más. ¡Es mentira! –Se detuvo al oír la sirena de un coche de policía–. ¿Por qué me mientes, Chino?

Acorralado por la muchacha contra la pared, Chino también oyó la sirena, y el horrible sonido lo sacó de la agonía que experimentaba en aquel momento. De un empujón, apartó a María y salió disparado escaleras abajo, hacia el piso. Tenía trabajo que hacer. Quizá Nardo y los Sharks no le hubieran dado ninguna orden, pero sabía que todos andarían buscando a Tony Wyzek, y él, Chino Martín, era el que tenía más motivos para encontrarlo. Nardo lo consideraba su cuñado y, por esa misma razón, le había revelado dónde guardaba la pistola. Chino metió la mano por detrás de la ba-

ñera y sintió el paquete compacto y duro que Bernardo
había escondido allí. El miedo que sentía desapareció
y, desde ese momento, sintió que el arma se convertía
en una extensión de su propio cuerpo. Quitó el trozo
de tela que la cubría y comprobó que estaba cargada.
Con la pistola en el bolsillo, Chino se volvió y empujó
de nuevo a una desconcertada María, que acababa de
entrar en el piso. Por la expresión en los ojos de la muchacha, Chino entendió que no dudaba de lo que le
había contado, pero ya no había tiempo para explicaciones. No había tiempo para nada, excepto para encontrar a Tony Wyzek y matarlo.

Durante unos instantes, María contempló la idea
de correr tras Chino, pero se dirigió a la cocina, se arrodilló ante las figuras de la Sagrada Familia y, ape-
lando directamente a la de la Virgen, murmuró en silencio una oración agónica sin dejar de balancearse.
Rezaba en español, tratando de recordar todas y cada
una de las oraciones que había aprendido o escuchado
en su corta vida.

–Santa María, que no sea verdad –suplicó–. Haz que
no sea verdad, Virgen Santa, y yo te prometo hacer
lo que sea. Dame la muerte, pero te pido que no sea
verdad.

Sus oraciones se vieron interrumpidas por unas
manos fuertes y firmes que la asieron por los codos,
apremiándola a ponerse de pie. No podía ser, pero allí

estaba: era Tony, un Tony que había dejado atrás la juventud. Sus ojos habían envejecido de repente y se le hundían en las cuencas, y en su boca se apreciaba un rictus de amargura, que se acentuaba al tratar de tomar aliento.

María lo golpeó una y otra vez, y otra vez de nuevo, con más violencia de la que había utilizado contra Chino. Sin hacer esfuerzo alguno por defenderse, Tony soportó los puñetazos de la muchacha.

—¡Asesino! —gimió y gritó desconsolada—. ¡Asesino, asesino, asesino...!

De pronto, se hundió entre los brazos del muchacho, y ambos se desplomaron al suelo. María, con la mejilla mojada por las lágrimas y apoyada en la de él, trató de secar las lágrimas de Tony con besos y, a continuación, lo abrazó y meció, mientras el muchacho lloraba con la angustia de un condenado a muerte.

—Intenté evitarlo. Te lo aseguro —explicó con la voz entrecortada—. No sé cómo ocurrió. Solo pretendía evitar la pelea. Te lo juro. No quería hacerlo. Pero Riff era como un hermano para mí. Cuando Bernardo lo mató...

—Oh, Dios mío... —murmuró María.

Tony la abrazó y empezó a cubrirla de besos. La besó en los ojos, las mejillas, el pelo, mientras continuaba hablando, lleno de dolor.

—Tenía que decírtelo. Solo quiero que me perdones antes de que vaya a la policía —anunció.

–¡No! –exclamó María–. ¡No!

–Debo hacerlo –objetó Tony–. No tengo miedo.

–¡No te dejaré! –gritó de nuevo María–. No te vayas. Quédate aquí conmigo. Quédate aquí.

Tony volvió a abrazarla, sintiendo el calor que emanaban su cuerpo y su pelo, y las lágrimas que resbalaban por las mejillas de la muchacha.

–Te quiero tanto, María –susurró–. Y he matado a alguien a quien amas. Ayúdame... Ayúdame, por favor.

–Abrázame fuerte. Tengo tanto frío... –contestó ella.

¿Qué futuro les aguardaba cuando sus padres regresaran del cine? Ninguno.

–Debes descansar –sugirió–. En mi cama. Anton, por favor.

–Tengo que irme –respondió Tony.

–¿A la policía?

–A la policía.

–Descansa primero. –María se incorporó y le tendió las manos–. Hace un rato estaba arriba, en la azotea, hablando con las chicas sobre mi boda. Y estamos casados, Anton. ¿No recuerdas esta tarde, en la tienda? Nos hemos casado.

–Si pudiésemos regresar a esta tarde...

–Todavía estamos allí. Ahora estamos juntos de verdad. Ahora debes descansar.

CAPÍTULO OCHO

Baby-John llamó a Superman, a Batman y Robin, a Wonder Boy y Planet King, a Flecha Verde y el Avispón Verde, a Spaceman, a Jack Blastoff y Orbit Oscar para que acudieran a rescatarle.

Sentado en el interior de un camión destartalado que descansaba sobre sus ejes en el descampado cercano al río, con la barbilla apoyada en las rodillas y los ojos clavados en una estrella que podía ver a través del techo de metal agujereado del vehículo, esperaba que apareciera un haz de luz, como el de un meteorito, que le anunciara la llegada de sus héroes, o, al menos, de uno de ellos.

No era una llamada de auxilio corriente la que Baby-John lanzaba al espacio exterior, sino una a la que se debía prestar atención. El muchacho acababa de ser testigo de cómo dos tipos duros caían como moscas: Riff, al que admiraba y lloraba sentidamente; y Bernardo, al que odiaba, aunque también admiraba por lo que había llegado a demostrar.

Era igualmente muy cierto que Tony Wyzek no

había actuado como un principiante –había utilizado el cuchillo con maestría– pero, en aquel momento, Riff y Bernardo estaban muertos por su culpa. Riff tenía dieciocho años; Bernardo, más o menos la misma edad, calculó Baby-John. Y él tenía catorce, lo que significaba que, de convertirse en un tipo tan duro como Riff o Bernardo, solo le quedaban cuatro o cinco años de vida. No era mucho, la verdad, especialmente si acababa pasando tres de esos años en el reformatorio.

Unos minutos antes, Baby-John había escalado una de las vallas del descampado y, caminando por el borde, había tratado de mantener el equilibrio durante el máximo de tiempo posible. Con los brazos extendidos y los dedos rígidos, se movió despacio para demostrarles a todos sus héroes que valía la pena luchar por él. Baby-John no dejó de suplicarles que aparecieran. Si no venían ellos, lo haría la pasma.

Todos habían visto cómo se escabullía de Schrank y Krupke –«¡Tío, menudo empujón le había pegado a Krupke! ¡Se había caído de culo!»–, pero seguro que los polis se emplearían a fondo, y cuando Krupke lo atrapara, no tendría compasión con la porra. A unos pocos centímetros del final de la valla se alzaba un poste de teléfonos. Baby-John se acercó y apoyó un pie. ¿Y si salía del descampado, se encontraba con Krupke y Schrank, y se los cargaba con el punzón? O también podía atravesar corriendo la avenida Columbus y clavárselo a todo puertorriqueño que se interpusiera en su camino. ¡Seguro que saldría en los periódicos! Pero ¿y si se cruzaba con... Tony Wyzek?

Baby-John sintió tal mareo que tuvo que abrazarse al poste para no caerse. ¿Sería capaz de matar a Tony? ¿O era su obligación defenderlo contra los Sharks? En aquel momento, necesitaba a un líder que le dijera cuál era la respuesta correcta. Batman y Robin, con su visión de rayos X y oído superdesarrollado, no tardarían en encontrarle. Pero hasta que sus héroes aparecieran, necesitaba que alguien de los Jets le dijera cómo debía actuar.

«¿Quién les había pedido a los puertorriqueños que vinieran? ¿Quién les había pedido que vinieran y que mataran a Riff, que era un tipo estupendo?», se había lamentado Baby-John mientras resbalaba por el poste para alcanzar el suelo. Una vez allí, había mirado a su alrededor y se había encaminado hacia el camión.

–¿Hay alguien aquí? –susurró Baby-John hacia la oscuridad del interior del vehículo–. Aquí Baby-John.

–Cállate y entra –respondió A-Rab.

–Me alegro de que estés aquí –admitió el chico, después de carraspear, secarse los ojos y la nariz, y levantar una mano mugrienta para avisar a sus héroes de su posición–. Krupke y Schrank... Me he topado con ellos al doblar una esquina. Durante unos segundos he pensado que no tenía escapatoria, de verdad.

—Bueno, ya ha pasado —dijo A-Rab con impaciencia—. ¿Tienes un cigarrillo? ¿Sabes dónde están los otros? ¿Has visto a Tony?

—Nadie lo ha visto. —Baby-John respondió a la última pregunta y lanzó el último cigarrillo que le quedaba a A-Rab, que temblaba como si sufriera síndrome de abstinencia—. Supongo que los otros no tardarán en aparecer por aquí. Al menos, eso espero. Igual se han ido a casa.

—Pero ¿qué dices? —A-Rab encendió el cigarrillo y le lanzó la cerilla a Baby-John—. Ahí es dónde irán los polis primero. Así que no aparezcas por casa hasta, al menos, dentro de un par de días —advirtió.

—No lo haré, A-Rab. Oye, ¿los has visto?

—¿A quién?

—A Riff y Bernardo, después de las puñaladas. ¿Sabes?, no me imaginaba que en el cuerpo hubiese tanta sangre.

A-Rab se estremeció.

—¡Cierra el pico! Te voy a dar una paliza si no te callas.

—No hay nada malo en hablar. Ojalá fuera ayer... —Baby-John suspiró—. O mañana. Cualquier día, menos hoy. Oye, A-Rab, ¿y si nos fugamos?

A-Rab se estiró en el suelo del camión y siguió fumando, con la cabeza gacha.

—¿Tienes miedo?

–Si me guardas el secreto, te diré que sí.

–Pues cierra el pico –ordenó A-Rab–. Me lo estás contagiando.

Una sirena de policía y unos pasos procedentes de la calle contigua al descampado rompieron el silencio de la noche. A-Rab se tumbó rápidamente en el suelo, mientras que Baby-John se agazapaba en una esquina donde la oscuridad era más intensa. Un coche patrulla pasó a toda velocidad calle abajo y a Baby-John le pareció oír a un policía que amenazaba a gritos con utilizar el arma si el fugitivo no se detenía.

A-Rab se arrastró por el suelo hasta llegar a Baby-John.

–¿Qué vamos a hacer?

–Supongo que esperar aquí –susurró Baby-John–. Eso es lo que Action quiere que hagamos. ¿Va a tomar el mando?

–Eso creo... –contestó A-Rab. A continuación, le agarró el brazo a Baby-John y se lo estrujó con fuerza–. Pase lo que pase, nada de tratos con la policía. Nada de contarles lo que ha ocurrido esta noche.

–Nada de nada, lo juro –dijo Baby-John, levantando la mano–. En el cine todavía echan esa película que fui a ver cuando me atacaron los Sharks. Así que si te la explico, tendremos coartada.

A-Rab despeinó al muchacho.

–¡Vaya, aquí dentro hay algo de cerebro!

—Aunque..., si hemos estado en el cine, ¿de qué tenemos miedo?, ¿por qué nos quedamos aquí escondidos?

—Cállate ya y explícame la película. Y procura que no me aburra —ordenó A-Rab.

Con el ánimo agitado por la persecución policial y con su nuevo rol, gracias al cual A-Rab pasaba a depender de él, y el conocimiento de que Action, que no temía nada ni a nadie, había asumido el mando, Baby-John se sintió mejor y menos necesitado de sus héroes, que seguro se encontraban, en aquel momento, ocupados en otros menesteres.

Igual Action decidía que subieran a una azotea, acumularan un buen arsenal y vieran cuánto tiempo podían hacer frente a los polis. ¡Eso sería una buena manera de salir del paso como tipos duros! Si Action no tenía ningún plan para sacarlos del embrollo, podría proponérselo. Al fin y al cabo, era mejor plantarle cara a la pasma que acabar en el reformatorio. Baby-John ya se lo imaginaba: polis por todos los lados, cámaras y reporteros de televisión rodeando el edificio y ellos allá arriba, en la azotea, con máscaras antigás para que no los gasearan.

—Tenemos que conseguir máscaras antigás —le dijo a A-Rab.

—¿Máscaras? ¿Para qué?

—Para hacer frente a la policía.

—¿De qué demonios estás hablando?

–Ya lo verás –comentó Baby John con cautela–. Como has dicho, todo irá a peor. No van a dejar de buscarnos, de modo que necesitamos un plan... Seguro que Action... Porque será él quien tome el mando, ¿no?

–O él o Diesel –asintió A-Rab–. No, seguro que será Action. Tiene la cabeza más amueblada –añadió, llevándose una mano a la suya–. Al menos, eso creo... y espero. Sí, él será quien dé las órdenes a partir de ahora.

Baby-John no estaba muy convencido de que aquello fuera bueno. Si era Action el que tomaba las decisiones a partir de aquel momento, sería difícil plantearle su idea de la azotea.

–A lo mejor nos pide nuestra opinión.

–A lo mejor.

Con un gesto, A-Rab indicó a Baby-John que mantuviera silencio. Alguien estaba silbando la señal de los Jets.

–Con este, ya somos seis los que estamos aquí. No está nada mal.

Reunidos en la caja del camión y sentados sobre asientos traídos de otros vehículos del descampado, esperaron a que llegaran más miembros de los Jets. Anybodys no dejaba de hablar de la palanca que había encontrado y de lo bien que funcionaría para abrir puertas y ventanas, además, claro, de sus ventajas como arma. Pero nadie la escuchaba, porque todos esperaban impacientemente a que Action terminara su cigarrillo y expusiera cuáles eran los siguientes pasos.

Action los contó. Eran ocho; no, nueve Jets, si incluía a Anybodys. Tiró la colilla al suelo y la aplastó con el pie.

—Será mejor que empecemos —anunció—, porque sospecho que los que faltan deben de haber caído en manos de la policía. A ver, ¿alguien se opone a que asuma el mando?

—A mí me parece bien —dijo Mouthpiece.

—De acuerdo —continuó Action una vez que los murmullos de aprobación cesaron—. ¿Alguien tiene un plan?

—Yo —dijo Anybodys antes de que Baby-John pudiera pronunciarse—. Hay que salvar a Tony. Varias bandas andan buscándole.

—Pues yo digo que dejemos que lo encuentren y así nos ahorramos el problema —sugirió Diesel—. Action, ¿no crees que ya hemos tenido bastante? Tenemos que largarnos antes de que nos lleven a comisaría, nos pongan un cartel con un número ante el pecho y nos fotografíen. Así que están buscando a Tony... Pues espero que den con ese maldito cabrón. Si no fuera por él, Riff estaría vivo y yo le habría dado una paliza a Bernardo.

—¿Quién está buscando a Tony? —preguntó Action, haciendo caso omiso de las palabras de Diesel.

Anybodys se desplazó hasta un asiento que no tenía los muelles rotos y a la vista.

–Los Sharks –respondió–. Después de que todos tomáramos direcciones diferentes, he decidido infiltrarme en territorio puertorriqueño, para ver qué se cocía. Me resulta fácil esconderme entre las sombras y me muevo como un gato; nadie repara en mí ni me presta atención.

–Bueno, eso no es difícil. Nunca nadie te presta atención. Así que deja de fanfarronear y ve al grano –dijo Snowboy.

–¿Tienes algo que decir o no? –preguntó Action–. Somos todo oídos.

–He escuchado a Chino cuando hablaba con algunos miembros de los Sharks. Estaba muy cerca de ellos, pero ni siquiera lo han notado. –Anybodys no pudo evitar decir estas palabras con aire complaciente–. Chino les estaba explicando algo sobre Tony y la hermana de Bernardo. No dejaba de maldecir en español, pero yo sé un poco y lo he entendido... –Se detuvo de nuevo–. Ha jurado que se cargará a Tony, aunque sea lo último que haga en su vida.

–Tony le rebanará su mugrienta cabeza –opinó Diesel–. Al menos el Tony de antes sí lo hubiese hecho...

–Es posible –convino Anybodys–. Eso si Chino no le vuela la suya antes de un disparo. He visto la pistola.

—¡Malditos cabrones! —Action se puso en pie—. ¡Malditos holgazanes puertorriqueños! ¡No escarmientan! No quiero traiciones entre nosotros. Tony no me cae bien en absoluto, pero si alguien tiene que cargárselo no son esos jodidos hispanos, sino nosotros. ¿Algo que objetar?

En pie ante los Jets, Action miró complacido cómo todos asentían, lo que significaba que a partir de aquel momento era él el que tomaba las decisiones y que, tanto si les gustaban como si no, debían cumplirlas sin discusión.

—Tenemos que encontrarlo —continuó—. Nos separaremos. Anybodys, ¿crees que podrás avisar a Graziella y al resto de las chicas?

—Supongo que sí.

—Pues cuando lo hagas, diles que tengan los ojos abiertos. Y quien encuentre a Tony, que lo traiga aquí. Alguien va a tener que quedarse esperando, alguien que no tenga miedo a la oscuridad.

—¡Ese soy yo! —dijo Baby-John.

—Muy bien. Si aparecen más de los nuestros, les dices que estamos buscando a Tony. Y si aparece él, le dices que se quede aquí contigo. ¿Entendido?

—Entendido —asintió Baby-John—. Quizás Anybodys podría prestarme la palanca.

—Solo con la condición de que me la devuelvas.

Con un gesto, Action les ordenó que salieran del camión y que lo siguieran, mientras Baby-John se acomodaba con la barra de hierro junto a él y empezaba a enviar de nuevo potentes llamadas a sus héroes.

Un poco triste, se preguntó si sus problemas no les resultarían demasiado insignificantes. Ojalá Riff, si se cruzaba con ellos por el espacio exterior, les hablara bien de él.

CAPÍTULO NUEVE

Sí, lo había besado mientras él estaba tumbado sobre la cama, y en medio de su desesperación, él la había abrazado devolviéndole el beso. En medio de aquella angustiosa desesperación, la había apretado contra él, como si estuviera al borde de la muerte, y le había rozado el pecho con la mano derecha. Tras una ligera vacilación, la palma del muchacho había cubierto la carne cálida que latía bajo la tela. Y ante la comprensión de que su vida juntos terminaría en minutos –como mucho en una hora o dos–, la había atraído hacia él.

Tumbados sobre la cama, Tony se estremeció de nuevo y trató de levantarse, pero María se lo impidió y lo escuchó llorar hasta que se durmió. Pronto su madre y su padre subirían las escaleras... O quizás estuvieran camino de la funeraria. ¿O habrían llevado a Bernardo al depósito?

La cama tembló cuando Tony sacudió las piernas como si las descomprimiera. En medio de su caos interior, tomó aliento y trató de levantarse.

–Quédate –le rogó María.

—María, tengo que irme —murmuró él.

Sin darle tiempo a seguir hablando, la muchacha lo abrazó con todo su cuerpo, y el deseo venció a la muerte, la alegría sustituyó al dolor, hasta que una sirena aulló en la calle.

De repente, Tony se zafó de ella y buscó sus zapatos. El terror se agolpó en su garganta y de nuevo ella lo besó en la mejilla, en un intento por evitar las lágrimas y no asustar más al muchacho a cuyos brazos se había entregado.

—Estamos casados —sollozó—. Esta tarde éramos tan felices. Era tan feliz mientras te esperaba en la azotea.

—Eres joven —respondió Tony—. Serás feliz de nuevo. Con alguien mejor que yo. Me gustaría que así fuera.

María negó con la cabeza.

—Solo te quiero a ti como marido.

—No puedo. Soy un asesino.

—Entonces, conviértete en mi amante.

—No puedo, María... —Volvió la cabeza para evitar su mirada—. Bernardo no lo permitiría. Por Dios, María, ¡lo he matado!

—Y él mató a tu amigo, al chico que era como un hermano para ti.

—No... —Tony se vio obligado a negarlo—. Eso fue hace mucho tiempo. Solo eran palabras, nada más. Nunca lo consideré como un hermano. De hecho, ni siquiera creo que lo tuviera por amigo mío.

–Tenía que ser más que un amigo para que mataras por él –continuó ella en voz baja y con calma–. Cuéntame cosas sobre él.

–No hay nada que contar –dijo, conmovido por el dolor–. Riff era un buen tipo. Tenía agallas, no le daba miedo nada ni nadie y siempre estaba buscando pelea para demostrarlo.

María negó con la cabeza.

–Como Bernardo.

–Supongo que sí. Los Jets lo eran todo para él.

–Bernardo adoraba a los Sharks.

–Supongo que eran muy parecidos.

María asintió mientras se sentaba en la cama y repasaba con el dedo la marca húmeda que había dejado la cabeza del muchacho en la almohada. Sentía lástima por Tony y por Riff. ¡Cómo se parecía este último a Bernardo! Jamás había mirado a Riff a los ojos, pero sabía que se encontraría con unos similares a los de su hermano, intranquilos y atroces, buscando algo que odiar para demostrar una y otra vez que era un hombre, y siempre fracasando en el intento.

¿Qué futuro había para Riff o Bernardo? «Ninguno», pensó María. En aquellos años de su perturbada juventud, habían sido testigos y habían participado con avidez en tantas luchas como para tener el doble de edad. No apreciaban nada y lo destruían todo, aunque no dejaban de repetir que solo odiaban una cosa: el uno al otro. Y por esta razón, sentía la misma lástima por Riff que por Bernardo. Y, en aquel preciso momento, habría dado su vida por cualquiera de los dos.

Pero ¿para qué?, ¿para que mataran a otros hombres? Al fin y al cabo, acabarían igual de muertos, quizás a las puertas de algún bar, en algún baile, en el asiento trasero de algún coche abandonado en un tramo solitario de la autopista o en alguna azotea. Pero no en la cama, de viejos, porque los chicos como Riff o Bernardo se daban caza los unos a los otros y, además, eran presa de cualquier hombre o mujer que pudiera obtener provecho de su violencia. Puede que ganaran algunos años de vida, pero no ganarían mucho más.

–Es por eso por lo que ambos han muerto –declaró María–. Y es por eso por lo que tú no debes hacerlo. Porque tú eras como ellos, en el pasado. Y decidiste cambiar, lo sé. Riff y mi pobre hermano ni siquiera se lo plantearon.

–No te entiendo –confesó Tony–. He matado a Bernardo. ¿No te importa? Era tu hermano, y yo lo he matado.

–Tú no querías ir allí. Yo te obligué. Te hice prometer que irías –dijo, con una gran pena en su corazón.

–Así es –respondió Tony y, rápidamente, para evitar que la muchacha compartiera su culpa, añadió–: Pero en ningún momento me pediste que matara a tu hermano. ¿No lo quieres? ¿No puedes llorar por él?

–¿Por qué me preguntas eso? ¿Es que no ves que podría llorar hasta que se me secaran las lágrimas? Nardo era mi hermano, y tú eres el hombre al que amo –dijo María, zarandeándolo–. Lo que yo quiero es amar todo lo que hay en el mundo, no solo aquello que conozco, sino aquello y a aquellos a los que no he encontrado todavía y a los que nunca encontraré. ¿Lo comprendes?

–Míranos... –Tony echó un vistazo a la oscura habitación, cargada de calor y sombras–. Qué rápido hemos pasado de la vida y del amor a la muerte...

De pronto, María oyó el taconeo de los zapatos de Anita en la cocina y colocó el dedo índice sobre los labios de Tony para hacerlo callar.

–¿María?

Anita llamó a la puerta del dormitorio y, a continuación, giró el picaporte para abrirla, pero no lo consiguió.

–María, soy Anita. ¿Por qué has cerrado con llave?

María le indicó a Tony que guardara silencio.

–No sabía que estaba cerrada con llave.

–Abre. Necesito hablar contigo. –Anita volvió a girar el picaporte.

Tony cubrió los labios de María con la palma de su mano.

–Dame un segundo. Dile que espere un poco –murmuró.

–Anita, un momento. Estaba durmiendo y los ojos todavía no se me han acostumbrado a la oscuridad –alegó y, volviéndose hacia Tony, añadió–: ¿Dónde vas?

–A la tienda de Doc –murmuró de nuevo Tony–. Si quieres escaparte conmigo, te esperaré allí. ¿Sabes dónde es?

–Sí, justo hoy he pasado por delante por si te veía.

–Doc nos ayudará. Nos dejará dinero. ¿Vendrás? –susurró Tony mientras subía al alféizar de la ventana.

María guardó silencio al oír que Anita trataba de abrir de nuevo la puerta.

–¡María! ¿Con quién estás hablando? –gritó desde el otro lado.

–Sí. Nos vemos allí. –María acarició los labios de Tony con los dedos–. Iré tan pronto como pueda. –Esperó a que Tony bajara por la escalera de incendios y una vez que la oscuridad de la calle lo engulló, se dirigió lentamente hacia la puerta–. ¡Ya voy, Anita!

Nada más abrir la puerta, Anita entró como un torbellino. Paseó la mirada de la cama a la ventana y, a continuación, posó los ojos en la hermana de Bernardo, en pie ante ella, descalza y en ropa interior.

–¿Has visto a Chino? –preguntó María–. Ha estado antes aquí y parecía haber enloquecido. –Al advertir que Anita seguía observándola fijamente, se detuvo y confesó–: Está bien, ahora ya lo sabes.

–¡Maldita traidora! –gritó Anita, abalanzándose hacia la ventana para cerrarla enérgicamente–. ¡No hay persona en el mundo más traidora que tú! ¿Mata a tu hermano y tú lo recompensas acostándote con él? ¿Qué harías si matara a tu padre y a tu madre? ¿Convertirte en su fulana?

María estaba demasiado agotada, demasiado exhausta para dar explicaciones. Trató de tomar la mano de Anita, pero esta retrocedió hacia un rincón del dormitorio, mirando a María como si llevara una capa de suciedad y mugre, como si fuera una criatura macabra a la que nunca admitiría haber conocido.

–Sé lo que estás pensando –dijo María a Anita, que no dejaba de llorar–. Y él siente lo mismo que yo.

–¡Tendría que haber sido él, y no su amigo, el muerto de esta noche! ¡Bernardo lo habría matado!

–Entonces Bernardo habría matado al chico que amo.

Anita se tapó los oídos.

–No quiero escucharte. ¡Puta! ¡Traidora! ¡No quiero saber nada de ti!

María caminó lentamente hacia la ventana y apoyó la frente en el cristal. La superficie estaba más fría que el ambiente de la habitación y se preguntó dónde debía de estar Tony en aquel momento. ¿Sería capaz de esquivar a la policía y a los amigos de Bernardo?

Quería explicarle a Anita cómo se había sentido, decirle cómo había odiado a Tony después de que Chino la informara del asesinato, y cómo él únicamente suplicaba la muerte.

–Chino tiene una pistola –anunció Anita–. He oído hablar a los chicos. Va en busca de Tony.

–Si Chino se atreve a dispararle, soy capaz de...

–¿De hacer lo que Tony le ha hecho a Bernardo?

–Amo a Tony –respondió simplemente.

Anita negó con la cabeza. No entendía nada de lo que había ocurrido aquella noche. Se había bañado en Orquídea Negra, había esperado con impaciencia, había buscado la primera estrella y había pedido un deseo. Ahora tendría que conseguir un vestido negro para asistir a un funeral.

–Lo sé –le dijo a María–. Y yo quería a Bernardo.

María se sintió desfallecer.

–Tienes que quedarte aquí hasta que mi madre y mi padre regresen. Alguien tiene que decírselo.

Anita lanzó una carcajada ácida, llena de mofa y desdén.

–¿Y por qué no se lo dices tú? ¿Por qué no tú? Al fin y al cabo, pasa cada día. Les dices que tu hermano ha muerto, que lo han asesinado y que tú vas a huir con el chico que lo ha matado.

–Anita, por favor, trata de entenderlo... –suplicó María.

–¡No puedo! –gritó Anita–. No puedo entenderlo y no quiero, porque quizás entonces lo comprenda...

–Ya lo haces –dijo María–. Y por eso gritas. Vamos a huir juntos, Anita. Voy a encontrarme con él en la tienda de Doc y si alguien intenta detenernos, tendrán que matarme a mí también. ¿Se lo dirás a Chino?

De repente, sonó el timbre y la puerta se abrió de golpe. Las dos muchachas vieron a Schrank, que entraba a toda prisa en la cocina. Con movimientos rápidos y tratando de absorber todos los detalles, abrió de un portazo el diminuto baño, miró en el interior y, a continuación, se dirigió hacia el otro dormitorio antes de cerrar la puerta de la cocina y apoyarse contra ella.

–¿La hermana de Bernardo? Supongo que ya te habrás enterado de la triste noticia? –dijo a María.

–Sí. Le agradecería que me dijera dónde lo han llevado...

–Seguro que tu hermano puede esperar –interrumpió Schrank, sonriendo ante su chistosa ocurrencia–. Debo hacerte un par de preguntas...

–Ahora no. –María recuperó el vestido que estaba encima de la cama y se lo puso–. Tengo que ir con mi hermano. Por favor, dígame dónde lo han llevado.

–Solo será un minuto –aseguró Schrank.

–Oiga, su hermano está muerto –chilló Anita–. ¿No puede esperar?

–¡No! –Su voz advirtió a Anita que debía permanecer callada–. Anoche estabas en el baile cuando...

–Sí –respondió María, asintiendo y pidiéndole a Anita con un gesto que le subiera la cremallera del vestido.

–Tu hermano montó una buena porque bailaste con cierto muchacho. –Schrank observó fijamente a las dos muchachas. Era evidente que no conseguiría sacarles nada. Tendría que utilizar otros métodos para obtener respuestas–. ¿Quieres ver a Bernardo? De acuerdo, yo te llevaré y así podrás explicármelo todo durante el trayecto.

–Disculpa, Anita, mi dolor de cabeza empeora –dijo María–. ¿Podrías acercarte a la tienda de Doc a por...? ¿Cómo se dice?

–Aspirinas –respondió Anita, sin dar a entender que estaba dispuesta a ir.

Schrank señaló hacia los pequeños armarios del baño.

–¿Es que no tenéis aspirinas en casa?

–Se han terminado –replicó María–. ¿Querrás ir por mí, Anita? De lo contrario, la tienda cerrará.

–Donde te llevo tienen aspirinas –dijo Schrank, agarrando a María del brazo.

–¿Nos tomará mucho tiempo?

Schrank se encogió de hombros y miró su reloj de pulsera.

–Tanto como sea menester.

–No tardaré –dijo María, dándole la espalda a Schrank para que este no viera los ojos suplicantes con los que miraba a Anita–. ¿Me esperarás en la tienda, Anita? No tardaré.

–Te esperaré. Y quizá Doc también te espere –replicó Anita. A continuación, se volvió hacia Schrank y añadió–: Pórtese bien con ella. Ya ha sufrido bastante esta noche. Y, por cierto, yo soy la novia de Bernardo –concluyó con aire desafiante.

–Eras –corrigió Schrank.

María se apresuró a distraer la atención que Schrank había puesto sobre Anita.

–Por favor, teniente, ¿qué desea preguntarme?

–Preguntar no. Afirmar –dijo, mientras bajaba la escalera del edificio tras ella, arrugando la nariz ante aquellos olores forasteros–. Hubo una discusión con cierto muchacho.

–Sí, uno de mi país –dijo sin vacilación–. ¿Cómo se llama? –Miró al policía y añadió–: José.

A una manzana de la tienda de Doc, Anita se arregló el peinado y se pasó un pañuelo húmedo por el rostro. Se pintó de nuevo los labios sin necesidad de un espejo y se alisó la falda. Ahora estaba en América, y los americanos, como si fuera una deshonra, no demostraban su dolor, y ella podía comportarse igual o mejor que ellos.

Cuando entró en la tienda, vaciló unos segundos.

Allí estaban A-Rab y Diesel, quienes se volvieron y la observaron en silencio, con los labios apretados.

–Me gustaría ver a Doc –dijo lentamente.

A-Rab miró a Diesel y negó con la cabeza.

–No está aquí.

–¿Y dónde está? –preguntó, mirando hacia la puerta que había detrás del mostrador.

–Se ha ido al banco –anunció A-Rab, con un palillo entre los dientes–. Había un error a su favor.

–Muy gracioso –respondió Anita–. Los bancos están cerrados. ¿Dónde puedo encontrarlo?

–En el banco –repitió Diesel–. El pobre Doc está tan delgado que se ha escurrido por la ranura para los depósitos nocturnos.

–Y ha quedado atrapado a medio camino –convino A-Rab, levantándose–. Así que nadie sabe cuándo va a regresar.

Abrió la puerta, hizo una reverencia y señaló la calle.

–*Buenas noches, señorita.*[3] Puede que hasta consiga un par de pavos de camino a casa. –Sin embargo, Anita se dirigió hacia el fondo del mostrador. A-Rab cerró de un portazo y fue tras ella–. ¿Dónde crees que vas?

–A la trastienda. Quiero ver a Doc –dijo, mientras trataba de zafarse.

3. En español en el original.

–Si necesitas algo, vuelve mañana –ordenó Diesel mientras se deslizaba tras el mostrador y bloqueaba la puerta–. ¿Es que estás sorda? Ya te hemos dicho que no está aquí.

–Oigo mejor que tú –insistió Anita, sonrojándose por el atrevimiento. Aquellos chicos eran peligrosos, y no le gustaba en absoluto la manera en que miraban sus pechos. En aquel momento deseaba tenerlos más pequeños y haber llevado un sujetador corriente y más discreto–. Quiero verlo con mis propios ojos.

–¿Por favor? –sugirió Diesel a modo de advertencia.

–Por favor, déjame pasar.

A-Rab se puso en pie y la miró de arriba abajo.

–Prohibido el paso a las chicas morenas. Aunque, con esa delantera, podríamos hacer una excepción...

–¡Cerdo!

–¿Cómo es que las mujeres de Puerto Rico están tan bien dotadas? –comentó A-Rab entre risas.

Anita se estremeció y se aferró al bolso con la intención de utilizarlo para defenderse si era necesario.

–Ni se os ocurra... –advirtió en voz baja.

–Por favor, ni se os ocurra. Se dice: «Por favor, ni se os ocurra» –corrigió Diesel, y guiñándole el ojo, invitó a A-Rab a continuar con la broma porque sabía que podía ser muy gracioso si se le daba pie.

–«*Por favor*» –repitió A-Rab, imitando a la muchacha y burlándose de ella–. ¿No *comprender*, morenita? ¿No hablas nuestro idioma? Qué pena. Pero, tranquila, yo te enseñaré a decir algunas guarrerías...

–Escuchad. Traigo un recado para un amigo vuestro. Tengo que hablar con Tony...

–No está aquí –interrumpió rápidamente Diesel, indicándole a A-Rab que se apartara–. Y ahora, ¡largo!

–Sé que sí está. No importa quién le envía el recado... –Miró a Diesel con ojos suplicantes–. Deja que hable con Tony.

–¿Y por qué no hablas conmigo? –preguntó A-Rab mientras la acorralaba contra un estante. A continuación, la empujó y empezó a magrearla–. ¿Qué te parece, eh? ¿Bailo bien el mambo?

–¡Déjame en paz, cerdo! –exclamó Anita, golpeándolo con el bolso. A-Rab se lo quitó y lo lanzó a un lado–. ¡Quiero ayudar a Tony! ¡Así que para de una vez, cerdo!

–¡La única cerda que hay aquí eres tú! –gruñó A-Rab–. ¡Eres la novia de Bernardo, zorra apestosa! Si crees que vas a conseguir engañarnos y llevar a Tony ante Chino, ya puedes olvidarte y largarte a hacer lo que sabes hacer mejor.

De repente, A-Rab le retorció el brazo y la tiró al suelo. Anita cayó justo detrás del mostrador, y A-Rab notó cómo los muslos de la muchacha se tensaron con el contacto de su barriga y al rasgarle el vestido.

–¡Vamos, A-Rab! –lo animó Diesel–. ¡Enséñale cómo cabalgan los americanos para que pueda explicárselo a Chino!

–Tranquila, cariño –soltó A-Rab a Anita–. Vamos a violarte, así que, ¿por qué no te relajas y disfrutas?

A-Rab sintió que dos manos lo cogían por la camisa y oyó que Diesel le ordenaba que aflojara.

–Es Doc. Está subiendo las escaleras.

A regañadientes y jadeando, A-Rab se puso en pie y permitió que Anita se incorporara. La muchacha vio que Doc la miraba, con la boca abierta de par en par, y, a continuación, empezó a gritarles a los chicos que eran escoria, peor que escoria, y que iban a pagar muy caro lo que acababan de hacer.

–¿Te encuentras bien? –le preguntó Doc.

Anita se mordió los labios y juntó las partes rasgadas del vestido.

–Bernardo tenía razón –dijo, tratando de controlar las lágrimas y el odio que sentía al mirar a A-Rab, que se hurgaba los dientes con un palillo–. Si viese a uno de vosotros en la calle desangrándose, me acercaría para escupirle.

–Vete a casa –la aconsejó Doc con suavidad.

–¡Que no se vaya! ¡Le dirá a Chino que Tony...! –A-Rab empujó a Doc y se dirigió hacia la puerta–. ¡No saldrá de aquí!

Anita salió al paso de Diesel y A-Rab.

–Decidle esto a vuestro amigo americano. Decidle a ese asesino que jamás podrá volver a ver a María, que no va a venir. –Dio una carcajada triunfal al comprobar que Diesel y A-Rab se hacían a un lado–. Decidle que Chino ha sabido lo que había entre ellos dos... ¡y la ha matado! ¡Decidle que está muerta!

Anita salió cerrando de un portazo y Doc se desplomó de espaldas al mostrador.

–Que Dios nos ampare. ¿Cómo voy a decírselo? –Acongojado, miró a Diesel y A-Rab, y gritó–: ¡Fuera de aquí! ¡Largaos, basura inmunda!

Diesel dio un codazo a A-Rab.

–Venga, vámonos.

–¿Adónde?

–No sé. Cuanto más lejos, mejor –dijo Diesel desde la puerta.

CAPÍTULO DIEZ

Tony salió a toda prisa de la tienda de Doc, angustiado, sin dirección ni esperanza. María se había ido para no volver jamás. Su culpa había hecho nacer otra culpa, y el trabajo todavía no había concluido: a Chino todavía le quedaba algo pendiente.

No sabía qué tramaba Chino, pero sí sabía qué había planeado él para el puertorriqueño. Lo buscaría, lo encontraría, y Chino tendría que darle muerte.

Era la única manera de acabar con aquello, y esperaba impaciente que llegara el momento porque ya no quería seguir viviendo.

Mientras cruzaba a paso ligero las calles, se topó con otros transeúntes que, en las aceras, las escaleras de entrada a los edificios o apoyados en los coches, hablaban de todo y de nada.

El dibujo negro y blanco de un coche patrulla lo obligó a escabullirse por una callejuela, y una vez que el vehículo hubo desaparecido, se apresuró hacia el Coffee Pot. Pero Chino no estaba allí. Entonces comprendió que no encontraría al puertorriqueño en las calles, sino que tendría que buscarlo por los patios, en los sótanos o en las azoteas. Chino debía enterarse de que le estaba dando caza, y no saber que él, Tony, era la presa.

–¿Chino?

Estaba en territorio enemigo, de pie en medio de un patio entre dos edificios, y pronunció el nombre lo suficientemente alto como para que se oyera. Entonces, tomó aliento y gritó:

–¡Chino, ven a por mí! ¡Te estoy esperando!

De pronto, advirtió movimiento, giró hacia allí y abrió los brazos en cruz. Pero la voz que lo llamó no era la de Chino, y entre las sombras distinguió a Anybodys, que corría hacia él.

–¡Estás loco! ¡Esto es territorio puertorriqueño!

–¡Lárgate! –Tony empujó a Anybodys y, a continuación, gritó de nuevo–: ¡Chino, ven a por mí! ¡Maldita sea, te estoy esperando!

Anybodys lo cogió del brazo y trató de arrastrarlo hacia un sótano cercano.

–Los chicos...

–¡Lárgate, te lo advierto!

Tony dibujó un arco con el brazo izquierdo y golpeó a Anybodys en el rostro con la palma de la mano completamente abierta. Por encima de su cabeza, en las ventanas de los edificios, se encendieron varias luces y Tony corrió hacia el fondo del patio.

–¡Chino! –volvió a gritar–. ¿¡Dónde demonios te has metido!? ¡Te estoy esperando! ¡Ven aquí! ¡Chino!

La bala lo alcanzó de lleno en el pecho y lo hizo girar sobre sí mismo en una confusión de dolor y sonido. Y mientras notaba la sangre que brotaba de sus labios, le pareció ver una silueta blanca que corría hacia él, repitiendo su nombre.

María se arrojó sobre el cuerpo que yacía boca arriba en el suelo, y las lágrimas que corrían por sus mejillas humedecieron el rostro ya sin vida de Tony Wyzek, que había muerto con el rugido de la ciudad aún en los oídos, demasiado joven como para decir que había vivido. María se incorporó, cerró los ojos de Tony con la mano y al ver que Anybodys avanzaba lentamente hacia ella, le ordenó que se detuviera.

–No te acerques. Que nadie se acerque –advirtió también al muchacho que acababa de disparar–. Ahora dame la pistola, Chino. –María acarició el metal frío y duro, advirtiendo lo poco que pesaba–. ¿Cómo se dispara? –le preguntó–. ¿Basta con apretar el gatillo? –Advirtió que, al apuntarlo con el arma, Chino se acobardaba y daba un paso atrás–. ¿Cuántas balas quedan, Chino? ¿Suficientes para ti? ¿Y para ti? –añadió, dirigiendo el cañón de la pistola hacia Anybodys, que estaba con la espalda apoyada en la pared del edificio–. Todos nosotros lo hemos matado. Mi hermano, y Riff, y yo también. –Volvió a apuntar a

Chino–. Si te mato ahora, Chino, ¿quedará una bala para mí?

Entonces, María sintió que una mano se posaba sobre su hombro, oyó una voz amable que le susurraba al oído y reconoció el rostro de Doc. Le dijo que irían juntos a casa de Tony, a decírselo a su madre, y que esta necesitaría el consuelo que solo puede dar una mujer y, en especial, la mujer a la que su hijo tanto había amado.

Puede que las diez calles contiguas y unas diez mil personas, tal vez veinte o treinta mil, se hicieran eco de la tragedia. Sin embargo, para el resto de los millones de habitantes y los millares de calles de Nueva York, esta pasó desapercibida. Algunos periódicos, no todos, relataron en su sección de sucesos los dos asesinatos ocurridos en el puente, pero lo hicieron de forma superficial e incompleta.

Aquella noche, la mayoría estaba durmiendo o se divertía, porque era sábado, el único momento de la semana en que la gente disfrutaba y se dejaba llevar. Había gente que hacía el amor, que comía, que pecaba de lujuria o que la promovía. Había gente que moría en paz, que agonizaba o que se mataba.

Y había gente que alzaba la mirada hacia el cielo con el corazón angustiado de soledad y enviaba deseos silenciosos hacia las estrellas y la luna. Esperaban que, en algún lugar, alguien los escuchara, que sus pequeños sueños se convirtieran en realidad, que pronto conocieran a alguien en quien poder confiar, a quien poder amar y con quien ser feliz.

Algunos de estos deseos se cumplieron, pero para la ciudad, aquello no significó nada en absoluto, porque se había construido para perdurar más allá de las vidas de toda la gente que en ella moraba.

Así eran las cosas. Y si nada cambiaba, así seguirían siendo.

Esta primera edición de *West Side Story*,
de Irving Shulman, se terminó de imprimir
en Romanyà Valls de España en octubre de 2021.
Para la composición del texto se ha utilizado la
tipografía Celeste diseñada por Chris Burke
en 1994 para la fundición FontFont.